필독서 시리즈 | 20

100년 전통 아동문학계의 노벨상,
뉴베리상 필독서 35권을 한 권에

뉴베리상
필독서
35

조연호 지음

센시오

왜 지금 뉴베리상 수상작을
읽어야 할까?

아동문학의 노벨문학상,
뉴베리상은 어떻게 시작되었나?

아동문학의 노벨문학상이라고 불리는 뉴베리상은 그림책 분야의 칼데콧 상(Caldecott Medal)과 더불어 미국 최고 아동문학상으로 꼽힙니다. 1921 년 출판 잡지 편집자였던 프레더릭 G. 멜처(Frederic G. Melcher)는 미국 도서관협회에 훌륭하고 창의적인 아동 도서를 지원하는 상을 만들고, 최초의 영국 아동 출판인 존 뉴베리(John Newbery)에서 이름을 따오자고 제안합니다. 협회는 제안을 환영했고, 1922년부터 상을 주기 시작합니다.

뉴베리상 대상인 뉴베리 메달은 매년 단 1개의 작품에만 수여되고, 그에 비할 만큼 뛰어난 다른 작품에는 뉴베리 아너상이 주어집니다. 뉴베리 아너상은 5개 이내 작품에 주어지는데, 비유하자면 뉴베리 메달은 금메달, 뉴베리 아너상은 은메달인 셈입니다. 뉴베리상은 한 해 동안 미국 출판사가 영어로 출판한 미국 시민 혹은 거주자가 쓴 아동 도서를 위원들이 1년 내내 심사한 후 이듬해 1~2월에 최종 수상작을 선정해 발표합니다. 미국적 색채가 강할 것 같지만, 꼭 그렇지만은 않습니다. 다양한 인종과 배경의 사람들이 모여 사는 만큼 작가의 출신 국가, 등장인물, 소재, 주제 등이 매우 다채롭고 이색적이기까지 합니다. 최근 들어 그런 경향은 더욱 강해지고 있습니다.

뉴베리상은 2022년 100주년을 맞았습니다. 뉴베리 아너상 수상작까지 따지면 무려 450여 권의 작품이 어린이·청소년들과 함께 울고 웃으며, 감동을 주면서 그들의 성장과 함께했습니다.

깊이와 품격이 있고 수준 높은 뉴베리상 수상작

그런데 다른 아동문학상과 달리, 뉴베리상 수상작은 수준이 높고 분량도 두꺼운 것으로 유명합니다. 실제 2008년 몇몇 문학 전문가와 교수는 "뉴베리상 수상작이 어려워서 아이들의 독서를 방해한다."라고 비판하기도 했습니다. 성인도 읽을 만한 책까지 뽑히기 때문입니다. 하지만 거기엔 이유가 있습니다. 뉴베리상은 선정 기준과 철학이 뚜렷합니다.

뉴베리상은 독자인 아동·청소년을 무작정 어리고 유치하다고 보지 않습니다. 다소 우울하고 어두운 이야기라도 얼마든지 받아들이고 이해할 수 있다고 판단합니다. 그래서 뛰어난 주제 의식을 가진 책이라면 소재와 관계 없이 상을 줍니다. 뉴베리상 수상 기준은 ① 주제와 콘셉트가 분명할 것 ② 정확하고 분명하며 잘 구성된 정보를 제대로 줄 것 ③ 플롯이 잘 짜여 있을 것 ④ 등장인물의 성격 묘사가 훌륭할 것 ⑤ 구조가 탄탄할 것 ⑥ 스타일이 독보적일 것 등입니다. 문학 작품으로서의 문장력과 구성력도 면밀히 판단합니다. 일반 문학으로서도 작품성이 훌륭해야만 상을 준다는 의미입니다.

그래서 뉴베리상 수상작을 '어린이책'이라고 얕잡아 보고 접근하면 곤란합니다. 그리고 일방적으로 교훈을 주입하지 않고, 작품 속 이야기를 통해 독자 스스로 판단하고 생각할 수 있도록 인도합니다. 하지만 책 읽기에 익숙하지 않거나, 가벼운 학습만화나 동화를 주로 읽었거나, 무게가 있고 구성이 복잡한 글을 이해하기 어려운 경우에는 읽기가 만만치 않습니다. 혼자 읽기보다 부모, 교사, 형제자매와 함께 읽고 이야기를 나누며 생각을 발전시키기를 권하는 이유입니다.

뉴베리상 수상작을 지금 꼭 읽어야 하는 까닭

뉴베리상 역대 수상작 450여 권 중에서 국내에 번역된 책은 100여 권이 넘습니다. 인기 있는 아동 도서라서 이미 접했을 수도 있습니다. 《샬롯의 거미줄(Charlotte's Web)》(엘윈 브룩스 화이트, 1953년 뉴베리 아너상 수상작) 같은 작품은 모든 어린이의 필독서라고 할 만큼 인기가 높습니다. 뉴베리상 수상작이 널리 읽히고, 시간이 흘러도 그 가치가 바래지 않는 이유는 무엇일까요? 이 시대 어린이와 청소년들이 뉴베리상 수상작을 반드시 읽어야 하는 이유는 무엇일까요?

첫째, 세계시민으로서의 넓은 시야를 갖게 해 줍니다.

앞으로의 시대는 여러 인종, 국가, 문화, 배경의 사람들이 세계 어디서나 소통하고 공존하며 서로 이해하며 협력해야 합니다. 리더라면 세계시민의 소양이 꼭 필요하지요. 다양한 나라와 문화를 이해하고 차이를 존중하면서 개성을 발휘해야 합니다. 똘레랑스(tolerance), 즉 관용과 포용력이 필요합니다. 뉴베리상 수상작은 그러한 가치를 함양하고 형성하는 데 좋은 독서 친구입니다.

둘째, 문해력과 사고력을 높여줍니다.

뉴베리상 수상작은 잘 짜인 이야기, 훌륭하고 아름다운 문장과 어휘로 유명합니다. 어렸을 때 독서와 공부로 만든 그릇의 넓이가 넓을수록 다양한 지식과 교양을 담을 수 있습니다. 미국 도서관 종사자들이 최고의 문장과 어휘의 작품이라고 칭송하는 만큼, 읽는 것만으로 문해력과 사고력을 확장시켜 줍니다.

셋째, 아동·청소년기에 겪는 예민한 정서적 문제에 대응할 힘을 길러 줍니다.

뉴베리상이 어린 독자들에게 큰 사랑을 받는 것은 그들만의 고민을 세련된 언어와 이야기로 잘 풀어 주기 때문입니다. 따돌림, 차별, 외모, 소심함, 폭력성, 혼자만의 고민 등 또래가 겪는 감정 문제를 유치하지 않게 풀어냅니다. 교과서 같은 훈계가 아니라 진짜 아이들의 고민을 그들의 언어로 이야기 속에서 풀어내기 때문에, 읽는 동안 이해받는 느낌이 들고 카타르시스를 경험합니다. 누구에게도 털어놓기 어려운 고민을 책 속 주인공과 해소해 가는 즐거움을 안겨줍니다.

넷째, 가장 최신의 주제 의식을 만날 수 있습니다.

오래된 뉴베리상 수상작을 지금 다시 읽어도 낡은 느낌이 없습니다. 시대를 뛰어넘는 주제 의식을 담기 때문입니다. 인간으로서 고민할 묵직한 주제를 잘 짜인 형식과 구성 속에 담아냅니다. 그래서 어른이 읽어도 손색이 없을 정도로 깊이 있는 것이지요. 시대를 앞서가고 싶으면 그해에 뉴베리상 수상작이 다룬 주제에 관심을 두면 된다고 할 정도입니다.

이 책은 뉴베리상 수상작에 입문하도록 도와주는 안내서이자 큐레이션 북입니다. 큐레이션(curation)이란 엄청나게 많은 대상 중에서 꼭 접해야 할 핵심을 골라서, 순서대로 혹은 수준에 맞춰 제시해 주는 것을 말합니다. 이 책을 시작으로 뉴베리상 수상작이라는 더 넓은 세계에 푹 빠져들어 즐거운 독서 경험을 만들어 가기를 소망합니다.

뉴베리상 수상작을 처음 읽기 전에
필요한 준비 운동

혹여 자신의 눈높이와 독서 체력에 맞지 않는 책을 골랐다가 '뉴베리상 수상작은 나랑 맞지 않나 봐!' 하고 지레 포기할 수도 있습니다. 그래서 몇 가지 준비 운동이 필요합니다.

첫째, 뉴베리상 수상작을 한눈에 소개해 주는 이 책《뉴베리상 필독서 35》를 먼저 읽어보세요. 책을 읽어야 하는 이유, 총 6개 테마에 따른 핵심 내용, 고민할 주제, 토론 주제 등을 망라해 정리해서, 우리나라에서 뉴베리상을 이만큼 친절하게 안내하는 책은 어디에도 없습니다. 그러니 뉴베리상 수상작을 읽기 전에 몸풀기를 위해 읽어 두고, 책장에 꽂아두고 계속 안내서로 활용하면 됩니다.

둘째, 여러 작품이 쪽수가 꽤 두툼합니다. 독서를 즐기는 학생도 평소 읽던 것보다 두꺼워서 망설이게 됩니다. 그러므로 여기 제시한 대상 연령(age)과 리딩 레벨(reading level), 주제 등을 참고해서 읽을 책을 고르시길 권합니다. 물론 두꺼운 작품도 도전하면 재밌게 읽을 수 있습니다. 하지만 먼저 관심이 가고 읽기 쉬운 책부터 골라 시작한다면 부담을 줄일 수 있습니다.

셋째, 배경지식이 있으면 더 재밌는 책도 있습니다. 뉴베리상 수상작은 시대가 아주 오래전인 책도 있고, 나라 배경도 여럿입니다. 그래서 아동·청소년이 읽을 때 낯설게 느껴질 수 있습니다. 그럴 때는 영화나 드라마,

관련 영상, 역사 자료 등을 먼저 보고 이해하며 읽으면 도움이 됩니다. 이 책에는 그런 설명도 나와 있으니 참고 바랍니다.

가족, 친구와 함께 읽으면 더 재밌는 뉴베리상 필독서

저는 이 책을 쓰면서 뉴베리상 필독서를 부모나 형제, 선생님이나 친구 등과 함께 읽는 모습을 생각했습니다. 혼자 읽어도 재밌지만, 함께 읽고 토론하고 생각을 발전시켜 나가면 더욱 유익한 독서가 될 수 있기 때문입니다.

첫째, 또래와 함께 읽으면서 서로 응원하고 경쟁하며 독서 리스트를 완성해 가세요. 혼자 읽다가는 포기하기 쉬워도 누군가와 진도를 확인하면서 서로 격려하며 읽으면 도움이 됩니다. 독서 능력이 향상되는 만큼 성취감도 높아집니다.

둘째, 눈높이가 다른 연령대 사람과 함께 읽고, 의견을 나누고 생각의 깊이를 더하세요. 읽는 사람에 따라 느끼는 바가 조금씩 다르므로 여러 주제에 대해 이야기를 나누다 보면, 책에 대한 이해를 높이고 서로의 생각을 이해하게 됩니다. 사고력을 키우는 데도 도움이 됩니다.

셋째, 어렸을 때 동화를 읽어주는 부모는 있어도, 그 후에 함께 책을 읽고 이야기를 나누는 부모는 많지 않습니다. 뉴베리상 수상작을 함께 읽고 이 책에서 제시한 토론 주제를 놓고 이야기를 나누면, 그 자체로 소통이자 서로를 이해하는 기회가 됩니다. 읽기를 권유하는 데 그치지 않고 함께 읽고 끌어준다면, 독서의 효과는 극대화될 것입니다.

필독서를 읽은 뒤, 원서나 영어 오디오북에도 도전해 보세요

영어도서관 등에는 뉴베리상 수상작 원서가 준비된 곳이 많습니다. 영어 오디오북도 빌릴 수 있습니다. 영어도서관에서 '뉴베리 수상작 읽기' 프로그램을 운영하기도 합니다. 인터넷을 찾아보면 원서나 오디오북을 판매하는 곳도 많습니다. 아마존닷컴(amazon.com)에 검색하면 아주 저렴한 가격에 이북(e-book)을 구매할 수도 있습니다. 그러니 뉴베리상 수상작 원서 읽기에도 도전해 보세요. 실제로 사립초에서나, 국제중·특목고 준비를 위해서 뉴베리상 수상작을 원서로 읽고 토론하는 프로그램이 다수 진행되고 있다고 합니다. 처음에는 어려웠지만 손에 땀을 쥐면서 밤을 새우며 읽다 보면, 저절로 다음 책을 잡게 된다고 말하는 학생도 많습니다.

저 역시 책을 쓰기 위해 뉴베리상 수상작을 하나하나 읽어가면서 '아동문학'에 대해 가졌던 잘못된 편견을 많이 깨뜨릴 수 있었습니다. 또한 우리 아이들에게도 꼭 읽히고 싶다는 간절한 바람을 담아 이 책을 썼습니다. 여러분도 뉴베리상 수상작의 신세계에서 자신만의 즐거움을 발견하기를 바랍니다.

목차

1부

Newbery Medal Theme 1 : Growth within Obstacles

역경을 딛고 성장하는 주인공 | **성숙한 삶의 태도**

Newbery Medal Theme 2 : Historical People and Event

세계사적 인물과 사건 | **세계시민으로서의 넓은 시야**

Newbery Medal Theme 3 : Co-existence and Respect Others

공존과 존중 | **화해와 평화의 진정한 의미**

Newbery Medal Theme 6 : Fantasy and Future Imagination

판타지와 상상력 | **미래 사회를 향한 자유로운 꿈**

Newbery Medal Theme 1

Growth within Obstacles

역경을 딛고 성장하는 주인공
성숙한 삶의 태도

뉴베리상 수상작 주인공 대다수는 아동·청소년이며, 이들은 이야기 속에서 성장하고 성숙해 갑니다. 어린 주인공이 실수하고 어른들이 하지 말라는 짓을 하다 사고도 치고 장애물을 만나 이겨내는 과정은 그 자체로 공감, 교훈, 생각할 주제를 줍니다.

첫째, 상실을 이겨내는 법을 배웁니다. 부모, 친한 친구, 형제가 죽거나 가슴 아프게 이별하면서 어린 주인공은 상상할 수 없는 고통을 맞습니다. 하지만 여러 사람의 도움으로 극복하고 적응해 갑니다.

둘째, 역경을 맞이하는 태도를 배웁니다. 가난, 외로움, 낯선 환경 등 벗어나기 힘들어 보이는 고통이 주인공을 짓누릅니다. 그러나 결국 그것을 이길 수 있는 내면의 힘을 기르고 자기 방식으로 맞서는 근성을 보여줍니다.

셋째, 가족, 친구, 이웃, 동물과의 교감, 공동체와의 협력 등 도움을 요청하고 받아들이는 성숙한 관계를 맺는 법을 배웁니다.

BOOK 1

1933년 수상작
세상을 두드리는 소년

엘리자베스 포어먼 루이스 | 개암나무

《*Young Fu of the Upper Yangtze*》| *Elizabeth Foreman Lewis* | *Square Fish*

Age 10-14

Reading Level ★ ★ ★ ☆ ☆

미래 중국을 향한 희망을 담은
소년 샤오푸의 성장 스토리

★*Author Story*·작가 이야기

작가는 1892년 미국 메릴랜드주 볼티모어에서 태어납니다. 작가가 되기 전에는 장난감 집 디자이너, 철도 회사 직원 등 여러 직업을 가졌습니다. 어린 시절 시골에서 지내면서 책을 많이 읽고, 주변에서 쉽게 볼 수 있는 말이나 강아지 같은 동물과도 가까이 접했다고 합니다. 작가는 기독교 집

안의 종교적 분위기에서 자라서인지 작품에 성경이 강조하는 정의와 사랑의 메시지를 많이 담습니다. 이 책에도 그게 잘 드러나 있습니다. 1909년부터 1910년까지 미술을 공부했고, 1916년부터 1917년까지 선교사가 되기 위해 볼티모어 비서학교에 다니기도 했습니다.

이 작품의 배경이 되는 중국에는 1917년 말 여성 감리회를 통해 파견되어 머무릅니다. 중국에 가기 전인 1917년 후반에는 뉴욕에 있는 성서신학교에서 종교 교육을 받기도 했습니다. 중국에서는 중국어와 중국사를 공부하면서 상하이 여성 해외 선교협회에서 일했으며, 이후 난징과 충칭의 학교에서 교사로 일합니다. 그곳에서 선교사인 남편을 만나 아들을 낳아 키우며 양쯔강 상류 지역 일대에서 교사이자 선교사로 꾸준히 활동합니다. 10여 년가량 중국에 머무르다가 건강상의 이유로 1927년에 미국으로 돌아갔고, 중국에서의 경험을 바탕으로 첫 작품인 이 책을 집필했습니다. 그리고 1933년에 뉴베리상 메달을 받았습니다.

★**Story Review** · 책 속으로

샤오푸는 부모님이 살던 정든 고향을 떠나 당시 중국의 수도와도 같았던 충칭으로 이사합니다. 아버지가 돌아가시고 홀어머니 혼자 샤오푸를 키워야 했거든요. 엄마 마음이 어떻든 샤오푸는 어린 마음에 시골을 떠나 도시에서 살게 되어 들떠 있습니다. 가난한 형편 때문에 어머니는 어렵사리 둘이 머물 집을 구했는데, 운이 좋게도 바로 위층에 인자한 학자가 살고 있었습니다. 이후 학자는 샤오푸에게 글을 가르치는 스승이 되어 줍니다.

어린 나이지만 입에 풀칠하기 위해 샤오푸는 구리 세공 장인인 탕 씨의 도제(인턴, 조수)로 3년을 보내게 됩니다. 그 기간에 사기꾼에게 속아 큰돈을 주고 고장 난 시계를 사고 크게 후회하기도 하고, 도박에 빠져 어머니가 맡긴 돈을 모두 잃는 등 어리석은 행동을 연거푸 저지릅니다. 하지만 샤오푸는 잘못을 감추지 않고 솔직하게 고백해서 용서받고, 주변 사람들에게 정직함을 인정받으며 조금씩 성장합니다.

샤오푸는 당시 모든 중국인이 적으로 여겼던 외국인을 편견 없이 돕기도 하는데, 이런 태도와 행동 덕에 훗날 외국인들로부터 도움을 받기도 합니다. 이윽고 3년의 도제 생활을 마치고 장인이 된 샤오푸는 잠시나마 하기 싫은 일을 요리조리 피하면서 요령을 피우기도 하지만, 가게 주인 탕 씨로부터 진심 어린 가르침을 받게 됩니다.

"진심을 담으면 싫어하는 일에도 애정이 생기게 마련이다. 하지만 게으른 사람은 모든 일을 어렵게만 느끼지. 훌륭한 사람은 싫어하는 일에서 즐거움을 찾는다는 걸 명심해라."

샤오푸는 때로 하기 싫은 일이 생겨도 겸손한 자세로 즐겁게 임할 수 있는 성숙함을 갖추게 됩니다.

★**Reading Point** · 변화의 시기 중국의 현실을 생생히 느껴 본다

현재 중국은 미국과 함께 세계에서 가장 크고 강한 국가가 되었습니다. 이전에도 중국은 항상 강대국으로 아시아를 호령했지요. 하지만 그런 중국도 감추고 싶은 시기가 있을 텐데, 바로 이 작품의 배경이 되는 시기가

아닐까요.

당시 중국은 청나라 마지막 황제 푸이가 1911년 왕좌에서 내려온 뒤 중화민국 임시정부와 국민정부를 거치면서 정부의 통제가 약해져 군벌과 도적 떼가 들끓는 혼란의 상황을 겪습니다. 공화제부터 총통제, 군정 등 정치체제도 혼란스러웠지요. 게다가 외부에서는 서구열강의 침입이 잦아져 원치 않게 강탈을 당할 때였습니다.

이 시기에 작가는 교사와 선교사로서 중국을 경험합니다. 외국인의 시각으로 본 중국은 분명 더욱 이해가 가지 않았을 것입니다. 특히 외국인을 적대시하는 중국인들의 곱지 않은 시선을 사랑스럽게 바라보기 힘들었을 것입니다. 그런데도 작가는 작품에 중국을 향한 희망적인 메시지를 담습니다. 샤오푸 이야기는 비단 중국 소년의 성장만이 아니라, 여러 어려움을 겪고 더 성숙해야 할 중국의 성장을 다뤘다고 이해하는 게 맞을 듯합니다.

작가가 1933년 뉴베리상 메달을 받기 전인 1928년, 여성 작가인 펄 벅(Pearl S. Buck)이 중국의 한 가문 이야기를 다룬《대지》로 노벨문학상을 받습니다. 펄 벅이 한 가문을 통해 힘을 잃고 몰락하는 중국의 모습을 그렸다면, 작가는 소년이 역경을 극복하고 성장하는 모습을 통해 앞으로 펼쳐질 희망적인 중국을 보여줍니다. 두 작가 모두 중국을 사랑했던 마음은 같았습니다만, 당시 중국이 처한 난관과 혼란상을 한 작가는 절망으로, 또 다른 작가는 희망으로 표현한 것이지요.

★ How to read

① 성장 과정을 따라가듯 읽으며 배울 점을 찾아보자
② 주인공이 살던 시기 중국의 역사를 공부하며 읽어보자
③ 펄 벅의 《대지》와 비교하며 읽어보자

주인공 샤오푸의 성장 과정을 차례대로 정리하면서 읽어보면 어떨까요? 어린 마음에 들떠서 충칭에 도착한 모습, 도제로 일하면서 여러 사건을 겪으며 성장하는 모습, 장인이 되어 교만해졌다가 새로운 깨달음을 얻고 다시 열심히 일하는 모습 등 성장기별로 나눠 읽어보세요. 작품 속에서 주인공이 겪는 굵직한 사건들을 살펴보면서 어떻게 각각의 어려움을 이겨냈으며 원동력이 무엇이었는지 찾아보기를 권합니다. 소년의 성장과 성숙 안에 얼마나 많은 이들의 도움이 있었으며, 소년 자신의 정직함이나 정의로움이 어떻게 작용했는지, 모든 게 어우러져 어떻게 비로소 성숙한 한 인간이 탄생하게 되는지 느끼며 읽어보길 바랍니다.

좀 더 깊이 들어가 당시 중국을 떠올리며 읽어보기를 추천합니다. 그러려면 중국의 대략적인 역사를 알아야겠죠. 여기서는 함께 독서하는 부모님의 안내가 필요할 듯합니다. 아시아의 용으로 불리던 중국이 하루아침에 작은 토룡(지렁이)이 되어버린 상황, 그 안에서 중국 사람들이 느꼈을 고통과 고뇌를 떠올려 보세요.

작가는 당시 중국이 처한 상황을 아파하며, 꿋꿋이 극복하고 성장하기를 바라는 마음으로 이 작품을 썼습니다. 혹시 더 깊은 이야기를 자녀에

게 들려주고 싶다면, 부모님이 펄 벅의 《대지》를 읽고 그 느낌을 함께 전달해 준다면 좋지 않을까 생각합니다.

★Discussion · 생각하고 토론할 주제

- 샤오푸의 경험 중에서 그의 성장에 도움이 된 사건들이 무엇이었는지 꼽아보고 그 이유를 생각해 봅시다.

- 샤오푸의 성격 중 어떤 특징이 그의 성장에 도움이 되었는지 생각해 봅시다. 특히 용에 대한 미신이나 외국인 혐오를 극복하게 해 준 특징을 집중해서 생각해 봅시다.

- 샤오푸의 성장 과정에는 이사, 친구, 게으름, 시기, 편견 등의 키워드가 있습니다. 지금 내가 성장하는 과정에는 어떤 키워드가 있는지 써 보고, 왜 그런 단어가 나왔는지 생각해 봅시다.

• BOOK 2 •

1967년 수상작
라즈베리 소네트

아이린 헌트 | 개암나무

《 *Up a Road Slowly* 》 | *Irene Hunt* | *Berkley*

Age 11-

Reading Level ★★☆☆☆

우리 인생에는 언제나
올라야 하는 무언가가 존재한다

★ *Author Story* · 작가 이야기

작가는 1903년 일리노이주 폰티액에서 태어납니다. 가족은 곧 일리노이
주 뉴턴으로 이사했는데 작가의 아버지가 그녀 나이 7세 때 돌아가시면서
조부모 집 근처로 옮긴 것이었습니다. 어린 시절 아버지를 잃은 아픔과 외
로움을 담은 자전적인 소설이 바로 이 작품입니다. 사랑하던 아버지를 잃

고 작가는 어린 시절 사무치게 외로웠다고 합니다. 물론 따뜻한 사랑으로 돌봐주신 조부모, 특히 할아버지와는 매우 애틋했습니다. 할아버지는 자신의 어린 시절이던 남북전쟁 이야기를 많이 들려주셨다고 합니다.

어린 시절과 청소년기를 잘 보낸 작가는 일리노이 대학교와 미네소타 대학교에서 공부했고 콜로라도 대학원에서 심리학 석사 학위를 받았습니다. 이후 여러 해 일리노이 공립학교에서 영어와 프랑스어를 가르쳤고 사우스다코타 대학교에서 심리학을 가르치기도 했으며 이후에는 일리노이주 여러 초등학교와 중학교에서 인문 학부 학장을 맡았습니다. 1969년 퇴직 후에는 오롯이 소설 작가로만 활동합니다.

작가 데뷔는 꽤 늦었습니다. 61세가 되던 1964년에 첫 소설《다섯 번의 4월을 지나며(Across Five Aprils)》가 출판됐으니까요. 그러나 첫 작품으로 뉴베리 아너상을 받았고 두 번째 작품인 이 책으로 1966년에 뉴베리상을 받았으니 늦깎이 작가로서 대단한 결과라 할 수 있겠지요. 당시 작가 나이가 66세였습니다. 두 작품으로 작가는 미국 최고의 아동 작가가 되었고, 이후에도 여러 작품을 꾸준히 써냈습니다. 작가는 용기, 사랑, 자비에 관한 굳건한 믿음을 품고 있으며 작품에도 그런 철학이 잘 묻어납니다.

★ Story Review · 책 속으로

일곱 살 줄리가 열일곱 살 숙녀로 성장하는 이야기를 서정적으로 그린 작품입니다. 줄리가 일곱 살이 되던 해 엄마가 병으로 돌아가시게 됩니다.

엄마를 잃은 상심도 클 텐데 줄리는 몸까지 건강하지 못했죠. 할 수 없이 정든 동네를 떠나 공기 좋은 시골로 이사할 수밖에 없었습니다. 거의 성인이 된 큰 언니와 아빠는 도시에 남고 두 살 위인 오빠 크리스와 줄리만 엄격한 노처녀 교사인 이모가 사는 한적한 시골 마을로 옮겨왔습니다.

줄리는 당시의 심정을 "세상 밖으로 던져진 것 같은 느낌"이라고 고백합니다. 당연하겠지요? 낯선 공간, 낯선 사람들 안에서 엄마를 잃은 슬픔을 홀로 달래야 했을 테니까요. 깐깐한 이모, 허풍쟁이 외삼촌, 밖으로만 도는 오빠… 기댈 데라곤 없어 보였습니다. 외삼촌 하스켈은 알코올 중독에 자신이 대단한 작가라도 되는 듯 거들먹거리는 거짓말쟁이로 보였고, 이모도 살가운 정을 느끼기보다는 온갖 규칙을 지키게 하고 어려운 셰익스피어 인용구를 읊는 등 가까이하기 어려워 보였습니다.

그런데 줄리가 커가면서 처음 느꼈던 불편한 감정은 점차 온정으로 바뀌어 갑니다. 이모는 차갑고 깐깐하기만 한 사람이 아니라 줄리를 어둠 속에서 끌어내 줄 마음 씀씀이와 온기가 있는 사람이었습니다. 무조건 싫기만 했던 외삼촌에 대한 편견을 떨치고 나서는 오히려 도움을 받아서 작가가 되겠다는 꿈을 키울 수 있었습니다.

학교에 입학하고 새로운 친구들을 만나면서 줄리는 점점 성숙해 갑니다. 정말 싫은 친구에게는 본심을 드러내 상처를 주기도 했지만, 그 친구가 죽고 나서는 죽음에 관해 생각하면서 더 성숙한 사람으로 성장합니다. 때로는 겉모습이 출중한 이성 친구를 사귀어서 또래의 부러운 시선을 받으며 행복해하지만, 진정한 사랑은 외모가 전부가 아니라는 것을 깨닫기도 합니다. 이렇게 소녀에서 숙녀로 성숙해 가면서 줄리를 꼬마로만 대하던 깐깐하고 꼿꼿한 이모 역시 마음이 녹아내려 조카에 대한 사랑을 감출 수 없게 됩니다.

"저도 줄리아가 자랑스러워요!" 이모의 대사로 소설은 마무리됩니다.

★ **Reading Point** · 성장과 성숙은 결코 한순간에 이뤄지지 않는다

이 소설의 원제는 'Up a Road Slowly'입니다. 번역하자면 '천천히 길을 따라 올라간다.'이지요. 제목 자체로 소녀가 성장하는 과정을 천천히 언덕길을 오르는 모습에 빗대 묘사한 것입니다. 모든 어린이·청소년들이 그런 모습으로 성장하지 않을까요. 어쩌면 이 제목은 자녀의 성장이 더디기만 하다고 조바심 내는 부모에게 전하는 작가의 메시지가 아닐까요.

줄리라는 소녀가 있습니다. 갑작스레 엄마가 돌아가시고 17세인 큰 언니와 교수인 아빠와 떨어져 낯선 곳에서 살아야 합니다. 줄리는 새롭게 만난 주변 인물들과 어울려 살아가면서 성장하고 성숙해 갑니다. 사람은 모두 성장합니다. 키도 크고 체중도 늘어납니다. 그런데 모두가 '성숙'하는 것은 아닙니다. 때로 우리는 '애 어른'이나 '어른 아이'라는 표현을 씁니다. 나이가 어려도 성숙한 사람이 있는가 하면, 반대로 나이를 먹었는데도 전혀 어른스럽지 않은 사람도 있습니다.

소설 속 줄리의 성장과 성숙은 단번에 이뤄지지 않습니다. 이별, 만남, 사귐, 죽음, 편견, 새로운 가족, 사랑… 숱하게 올라야 할 언덕길을 서서히 오르면서 줄리는 인생을 직접 부딪쳐 배우고 알아갑니다. 다행스럽게도 모든 과정에서 줄리는 '긍정'이라는 힘을 갖고 응대합니다. 자신에게 다가온 사건과 사람을 일단 받아들이고 스스로 파악해 가면서 자기 힘으로 배우고 성숙해 갑니다.

줄리는 우연히 기차에서 만난 아저씨로부터 훌륭한 가르침을 받습니다. "우리는 우리가 사랑한다는 상대보다 우리 자신을 더 사랑하지. 우리는 모두 상대의 최고가 되려 하지. 최고 아니면 차라리 죽겠다고 하면서. 두 번째 자리 혹은 세 번째나 네 번째 자리에서도 필요한 사랑이 있는데도 알지 못해. '오, 아니요. 저는 무조건 첫 번째여야만 합니다!'라고 말하면서. 만약 상대의 첫 번째가 되지 못하면 사랑이 산산조각 날 때까지 사랑하는 사람을 괴롭히고 상처를 주지."

줄리는 이 말을 기억하고 마음속에 꾸준히 되새기면서 자신의 사랑을 다듬어 갑니다. 어린 시절 줄리 내면에 가득했던 질투, 이기심, 잘난 척 같은 것을 자연스레 내려놓습니다. 작품의 배경이 되는 시대는 1900년대 초중반이지만, 주인공 줄리의 성장 과정이 지금과 조금도 다르게 느껴지지 않습니다. 자녀에게는 성장 소설로서 추천하고, 어른에게는 자녀의 성장을 바라보는 자세를 배울 수 있는 좋은 안내서로서 권합니다.

★ How to read

① 주인공의 성장 과정을 나와 비교하며 읽어보자

② 주인공 외에 다른 인물들에 감정이입 해서 읽어보자

③ 나의 현재 모습은 줄리의 몇 세 때와 비슷할까?

먼저 줄리의 성장 과정을 나의 상황에 비추어 생각하면서 읽어보기를 권합니다. 줄리의 성장과 성숙 과정을 내가 성장하고 성숙했던 과거와 비추어 읽어보면 작품에 더 몰입할 수 있을 듯합니다. 저 역시 작품을 읽으면서 어린 시절을 많이 회상했습니다. 전학, 새로운 만남, 괴롭힘, 편견, 죽음, 짝사랑… 여러 경험이 떠올랐죠. 그래서인지 다 읽고 난 후에는 오래전 써두고 서랍 한쪽에 넣어 둔 일기장을 다시 꺼내 읽은 듯한 기분이었습니다. 독자인 여러분 대다수는 아직 어리겠지만, 그래도 좀 더 어린 시절을 떠올려 보며 읽기를 권합니다.

주인공 줄리의 관점이 아니라 다른 등장인물들의 심정을 생각하면서 읽어보기를 바랍니다. 미혼인데도 조카를 둘씩이나 돌봐야 했던 이모, 어린 조카에게 늘 무시당하고 미움받았던 외삼촌의 시각에서 줄리를 바라보면 어떨까요? 줄리를 정말 좋아한 대니의 심정은 어땠을까요?

이 소설은 주변에서 얼마든지 겪을 법한 일을 담았기에, 지어낸 이야기라는 느낌이 들지 않고 더 생생하게 다가옵니다. 줄리가 성장하고 성숙하는 과정에서 나의 현재를 확인해 볼 수 있고, 부모, 이모, 외삼촌, 오빠 등 여러 사람에 감정이입 해서 읽기도 좋습니다. 또한 부모라면 자녀의 성장을 지켜보며 응원하는 법에 대해서도 생각해 볼 수 있을 것입니다. 인생은 너무 서두르지 않고 천천히 언덕길을 오르는 것이고, 도중에 힘들고 상처받고 지치고 쉬어갈 때 오히려 성숙을 만날 수 있다는 것을 말입니다.

• 줄리의 여러 에피소드를 읽으면서 가장 인상 깊었던 이야기를 생각해 보고 왜 그렇게 생각했는지 정리해 봅시다.

• 책에는 왕따당하는 아이인 아그네스가 등장합니다. 행동도 어리숙하고 고약한 냄새가 나서 모든 학생에게 놀림 대상이 되지요. 줄리도 아그네스를 생일에 초대하고 싶지 않아 꾀를 내기도 합니다. 그런 상황이 나에게 닥친다면 어떻게 할지 생각해 봅시다.

• 작품 속에 등장하는 교훈을 문장으로 정리해 봅시다. 마치 줄리가 기차에서 만난 아저씨의 말을 되새겼듯이, 이 교훈을 어떻게 마음에 새기고 실천할 수 있을지 생각해 봅시다.

• BOOK 3 •

1978년 수상작
비밀의 숲 테라비시아

캐서린 패터슨 | 사파리

《Bridge to Terabithia》| Katherine Paterson | HarperCollins

Age 10-13

Reading Level ★★★☆☆

영혼의 친구와 비밀 왕국에서 체험한
용기, 자아, 성장통

★*Author Story* · 작가 이야기

작가는 1932년 중국에서 태어납니다. 아버지가 선교사였기에 중국 문화
속에서 어린 시절을 보냈지요. 하지만 얼마 후 제2차 세계 대전이 시작되
고 중국도 전쟁의 소용돌이에 휘말리게 되자 가족은 미국으로 돌아갑니
다. 캐서린은 미국 킹 대학교에서 영문학, 리치몬드 대학원에서 성경과

기독교 교육을 공부하고, 아버지의 뒤를 이어 일본에서 선교사로 활동합니다.

저자가 본격적으로 글을 쓰기 시작한 것은 다시 미국으로 돌아와 정착하면서부터입니다. 저자의 소설 중 가장 유명한 책은 《빵과 장미(Bread and Roses, Too)》로, 1912년 미국 매사추세츠주 로렌스의 파업을 이민 노동자 가정의 소녀와 노숙자 소년의 시각으로 그려낸 작품입니다. 저자는 여러 작품으로 수많은 상을 받았습니다. 지금 소개하는 작품으로 1978년, 《내가 사랑한 야곱(Jacob Have I Loved)》으로 1981년, 이렇게 두 번 뉴베리상 메달을 받았습니다. 이들 작품은 세계적인 권위를 인정받는 안데르센상(국제아동청소년도서협의회 선정)과 아스트리드 린드그렌상(스웨덴예술위원회 선정) 등도 수상했으며, 이 외에도 수많은 작품이 지역과 세대를 뛰어넘어 많은 사랑을 받고 있습니다.

이 작품은 전 세계 24개 언어로 번역되어 500만 부 이상 팔린 베스트셀러입니다. 1985년에는 1시간짜리 미국 TV 단편 드라마로 방영되었고 2007년에는 영화화되어 세계적인 인기를 끌기도 했습니다.

★ *Story Review* · 책 속으로

제시는 가족 중 아빠를 제외한 유일한 남자이며 달리기를 무척 좋아하는 소년입니다. 좋아하는 정도가 아니라 학년이나 학교 전체에서 가장 빠른 선수가 되고 싶어 열심히 연습하지요. 드디어 기다리던 개학이 되어 제시는 그동안 연습한 달리기 실력을 마음껏 뽐내고 싶습니다. 1등으로 결승

점을 통과하는 자기 모습도 그립니다. 그런데 행복한 상상은 깨지고 맙니다. 새로 전학을 온 레슬리가 모두를 제치고 1등을 차지했기 때문입니다. 게다가 자존심 상하게도 레슬리는 여학생입니다.

알고 보니 레슬리는 제시 이웃으로 이사 온 학생이었고 둘은 어색한 첫 만남과 달리 금세 친해집니다. 둘은 집 근처 숲속에 둘만의 왕국 '테라비시아'를 만듭니다. 이전에는 친한 친구가 없던 두 사람은 학교나 바깥에서 지치고 힘들었던 마음을 그들만의 왕국으로 돌아가 맘껏 해소합니다. 그곳에선 두 사람이 왕이고 여왕입니다. 둘은 서로 깊이 이해하고 공감했는데, 레슬리는 특히 제시의 그림 실력을 높이 사며 좋아해 주었습니다. 크리스마스 선물로 그림 도구를 사 주기도 했고요. 둘은 영혼의 단짝이 되었고 언제까지고 테라비시아에서 둘만의 추억을 이어갈 것만 같았습니다.

어느 날 제시는 좋아하던 에드먼드 선생님과 미술관 관람을 다녀옵니다. 그리곤 충격적인 소식을 듣습니다. 레슬리가 혼자서 테라비시아로 가던 중에 사고로 죽었다는 것입니다. 단짝 레슬리의 죽음으로 제시는 큰 충격을 받고 한동안 정상적으로 생활할 수 없었습니다. 줄곧 레슬리만 그리워하며 홀로 테라비시아를 찾던 그때, 동생 메이 벨이 따라와서 위로해 줍니다.

"그냥 오빠를 찾고 싶었어. 오빠가 너무 외로울까 봐." 따뜻한 위로의 말을 듣고 제시는 동생 메이 벨을 새로운 테라비시아의 여왕으로 선포합니다.

집에서도 학교에서도 관심을 받지 못하는 소년 소녀들이 많습니다. 핵가족이 되고 한부모 가족이나 조부모 가족 등 다양한 이유로 외로움을 겪는 아이들도 많고요. 부모가 있어도 맞벌이로 바쁘고 형제자매가 없어 항상 누군가를 그리워하는 아이들도 적지 않습니다. 안타깝게도 이런 외로운 시대에 소위 '왕따'라는 것까지 생겨나 아이들을 괴롭힙니다. 이 책은 외로움과 존재 간의 관계를 생각하게 해 줍니다.

예전에는 친한 친구를 일컬어 단짝이라고 하고 죽마고우(竹馬故友)라고도 했습니다. 최근에는 친한 친구를 '베프(베스트 프렌드)'라고도 하고 '찐친'이라고도 하고 '최애'라고도 표현합니다. 이렇듯 남들보다 가까운 친구 사이에는 소중한 비밀이 만들어지기도 합니다. 소설의 주인공 제시와 레슬리는 둘만의 비밀 왕국을 만듭니다. 둘 말고는 아무도 모르는 곳이죠. 비밀을 나누면서 둘은 더욱 친해집니다. 비밀 왕국에선 두 사람이 왕이고 여왕입니다. 학교에 다른 친구가 많지 않아도 둘은 서로만 있으면 충분합니다.

이 책을 쓰는 저는 마흔을 훌쩍 넘긴 어른입니다. 그런데도 책을 읽으면서 마치 직접 경험한 이야기처럼 느꼈습니다. '나도 어렸을 땐 죽고 못 사는 단짝이 있었는데. 우리만의 비밀도 있었고…. 그런데 지금은 그 친구를 거의 만나지도 못하고 어디 사는지조차 모르는구나.' 이렇게 생각하니 괜히 가슴이 저려 왔습니다. 어린 시절 친구와 쌓아가는 아름다운 추억은 그때가 아니면 만들기 어려운 경험입니다. 그러니 여러분도 꼭 마음

을 나눌 소중한 친구를 만들고 그 친구와 행복한 비밀 공간에서 깊은 사
귐의 경험을 채워가기를 간절히 바라봅니다.

★ How to read

① 황순원 작가의 단편《소나기》와 비교하며 읽어보자
② 주인공의 우정을 통해 진정한 친구에 대해 생각해 보자
③ 영혼의 단짝을 잃은 제시의 성장에 대해 생각해 보자

작품을 읽으면서 황순원 작가의 단편《소나기》가 떠올랐습니다. 요즘 교
과서에도 수록되는 작품이지요. 시골 소년인 주인공 앞에 서울에서 전학
온 하얀 피부의 소녀가 나타납니다. 숫기가 없는 소년은 처음엔 다가가기
어려웠지만 곧이어 둘은 순수한 우정과 사랑을 키워갑니다. 하지만 제목
처럼 둘의 우정은 오래가지 못합니다. 소녀가 그만 앓고 있던 병으로 죽
고 만 것입니다. 소녀는 소년과의 추억이 담긴 옷을 죽어서도 계속 입고
싶다는 마지막 말을 남깁니다. 지금 다시 읽어도 참 아름답고 애틋한 소
설입니다. 이 작품과 다른 것은 주인공이 소녀의 죽음을 알게 된 장면에
서 끝을 맺는다는 점입니다. 이 작품에서는 제시가 레슬리의 죽음 때문에
괴로워하지만 결국 극복해 내는 과정까지 보여줍니다. 먼저《소나기》를
읽으며 작품의 아름다움을 느껴보고 나서 이 작품을 읽어보기를 추천합
니다.
　제시와 레슬리의 우정과 사랑에 대해 생각하며 소설을 읽어보기를 권

합니다. 처음엔 경쟁자였고 서로 어색하고 무관심한 상대지만, 레슬리가 적극적으로 다가가고 제시도 열린 마음으로 받아주면서 둘은 '찐친'이 됩니다. 둘은 서로 격려하고 각자의 부족함을 채워줍니다. 서로 힘들 때 힘이 되어 줍니다. 공동의 어려움이 있을 때는 힘을 합하기도 합니다. 둘의 관계를 통해 진정한 친구가 무엇인지 생각해 볼 수 있습니다.

성장에 대해서 생각해 봅시다. 레슬리가 죽고 제시가 슬픔과 비탄에 빠진 것으로 끝이 난다면 비극적이기만 하겠지요. 하지만 이 작품은 제시의 극복과 성장까지 다룹니다. 힘든 시기를 겪고 나서 여동생의 위로를 받아들이고 슬픔을 극복하면서 제시는 조금 더 성숙한 모습으로 성장합니다.

★**Discussion**·생각하고 토론할 주제

- 자신의 '베프'를 떠올려 보세요. 그 친구와 공유하는 비밀은 어떤 것이 있는지 생각해 보고 비밀이 둘만의 우정에 어떤 역할을 하는지 생각해 봅시다.

- 친구나 가족 등 가까운 사람과의 이별이나 죽음을 경험했나요? 그때 심정이 어땠고 어떻게 극복했으며, 이후에 자신은 어떻게 변했는지 생각해 보고 이야기를 나눠 봅시다.

- 만약 제시가 레슬리와 함께 미술관 관람을 했다면 소설의 결말은 어떻게 달라졌을지 생각해 보고 자신만의 결말을 써 봅시다.

BOOK 4

1983년 수상작
디시가 부르는 노래

신시아 보이트 | 와이즈아이

《Dicey's song》| Cynthia Voigt | Atheneum Books

Age 12-

Reading Level ★★★★☆

진정한 가족이 되려는
할머니와 형제자매의 이해와 헌신

★**Author Story** · 작가 이야기

작가는 1942년 매사추세츠주 보스턴에서 태어났습니다. 스미스 대학교를 졸업하고 뉴욕에서 광고 관련 일을 시작했지요. 그러다가 1964년 결혼해서 뉴멕시코주 산타페에서 학생들을 가르칩니다. 1971년까지 메릴랜드주에서 영어를 가르쳤고 이혼 후에도 줄곧 교편을 잡습니다. 하지만 결국 여러 사정으로 교단을 떠나게 되었고, 당시에는 글쓰기조차 시도하지 못했다고 합니다. 아마도 이혼의 상처가 깊었던 모양입니다. 하지만 결국 용기를 내서 글쓰기를 시작했고, 재혼도 해서 새로운 가정을 이룹니다. 재혼 후에는 다시 영어를 가르치면서 이 작품을 썼고 뉴베리상 메달을 받은 후로는 소설만 쓰는 전업 작가가 됩니다. 두 아이를 두며 행복한 가정을 이뤘고요.

저자는 작가로서 여러 상을 받았는데 뉴베리상 외에도《행운의 바퀴 (Fortune's Wheel)》가 미국도서관협회 '청소년을 위한 최고의 도서'로 뽑히기도 했습니다. "작가는 수년 동안 청소년을 위한 글쓰기를 통해 진실한 목소리를 들려주었습니다.… 강력한 캐릭터 연구로 사회로부터 고립된 이들을 청소년들에게 소개합니다. 작가가 묘사하는 캐릭터는 고아, 버려진 사람, 장애인 등이며 그들이 역경을 극복하는 힘은 굉장합니다!" 협회의 추천사입니다.《고독한 블루(A Solitary Blue)》로도 1984년 뉴베리 아너상을 받기도 했습니다.

★**Story Review** · 책 속으로

디시에겐 동생이 셋 있습니다. 똑똑한 제임스, 할머니와 같이 살면서 자신을 숨기는 사무엘, 언어를 배우는 속도는 느리지만 음악에 재능이 있는 메이베스. 형제자매는 엄마가 병을 앓게 되면서 처음으로 외할머니의 존재를 알게 됩니다. 할머니 역시 자기 딸이 아이를 넷이나 낳았다는 걸 몰랐지요. 손주들을 매몰차게 모른 척할 수 없던 할머니는 네 아이의 보호자로서 그들을 받아들이기로 합니다. 이렇게 해서 다섯 가족의 새로운 삶이 펼쳐집니다. 생판 모르고 살던 할머니와 손주들이 서로를 이해하고 사랑하고 존중하게 되는 과정을 담은 이야기입니다.

디시는 새롭게 옮긴 학교가 맘에 들지 않지만 어쩔 수 없이 적응해야 합니다. 다행히도 글쓰기를 좋아한 디시는 엄마 이야기를 써서 선생님의 큰 칭찬을 받습니다. 또래보다 성숙한 디시를 보면서 할머니는 어린 손녀가 진 마음의 짐을 덜어주기 위해 노력하고, 디시 역시 할머니의 수고를 덜어드리기 위해 노력합니다. 딸의 상태가 나빠진 것을 알게 된 할머니는 디시와 함께 마지막 순간을 지켜보기로 합니다. 한 사람의 딸이자 네 아이의 엄마는 죽은 후 유골함에 담겨 집으로 돌아옵니다.

주변의 누군가를 돕거나 도움을 받아본 경험이 없는 디시 형제자매는 할머니와 살며 서로 돕는 것이 처음엔 어색했습니다. 때로는 서로 너무 달라서 어울리지 못하고 힘겨운 시간을 보내기도 합니다. 하지만 시간이 흐르고 조금씩 이해하게 되면서 서로 깊이 사랑한다는 것을 깨닫습니다. 이들을 도와주는 사람도 조금씩 나타납니다.

형제자매는 각자 학교에서 친구들이 생기고, 진정한 가족이 되기 위해 할머니는 네 명의 손주를 입양하기로 결심합니다. 평생 국가나 남에게서 도움을 받지도 주지도 않겠다던 원칙을 깨뜨리고, 손주들을 위해 헌신합니다. 형제자매도 그런 할머니를 진심으로 사랑하고요. 그들은 서로 손을 내밀고 내민 손을 잡아 주는 방법을 배워가면서 진짜 가족이 되어 갑니다.

과거 가족을 다룬 소설은 개인의 자유를 억압하는 가풍이나 가업을 잇지 않으려 저항하는 자식과 부모의 갈등을 주로 다뤘습니다. 그런데 1980년대 이후엔 철저히 혼자가 된 개인이나 무너진 가족 이야기가 많아졌습니다.

작품은 가족이라면 손을 내밀어 줄 알고, 다른 이가 내민 손을 잡을 줄도 알아야 한다고 강조합니다. 그러나 그 말을 하는 할머니조차 어떻게 해야 할지 잘 모릅니다. 딸이 죽어가고 있는 걸 몰랐고, 딸에게 아이가 넷이나 있다는 것도 몰랐을 정도로 무관심했었으니까요. 딸 역시 아이들의 존재를 숨긴 채 어머니와 연락을 끊고 살아왔습니다. 작품은 어려운 상황에서도 새롭게 따뜻한 가족이 만들어지는 과정을 보여주지만, 현실은 만만치 않습니다. 이 책이 나올 당시에 미국의 이혼율은 세계 최고 수준이었고, 가정 붕괴는 큰 사회 문제였습니다. 현실에서 다시 형제자매와 같은 상황에 놓인 아이들은 돌봐줄 가족이나 친척을 찾기는 힘들 것입니다. 그야말로 소설 같은 이야기지요.

작품은 작가의 현실 비판과 함께 이상적인 모습을 보여줍니다. 무너지는 가족, 버려지는 아이들, 그들을 돌보지 않는 매정한 사회를 비판합니다. 그러면서 서로를 이해하고 도와주고 도움을 기꺼이 받으려는 사람들이 모이면 그것이 곧 '가족'이라고 작가는 말합니다. 우리 역시 어려움을 겪는 가족이 많습니다. 붕괴까지는 아니더라도 보호받지 못하는 아이들이 많습니다. 작품은 여러 의미에서 가족에 대해 다시금 생각하게 해 줍니다. 다시 찾은 가족, 의지하고 격려하는 관계, 소멸해 가는지도 모를 가족의 의미를 다시 생각할 기회로 작가는 이 작품을 선사한 듯합니다.

★ How to read

① 제목이 디시가 '다시' 부르는 노래가 아닌 이유가 뭘까?
② 줄거리 순서를 다시금 정돈해 가며 읽어보자
③ 디시 형제자매와 할머니의 마음을 이해하며 읽어보자

제목에 대해 생각해 볼까요? 이전의 가정이 새로운 가정으로 바뀝니다. 그런데 굳이 디시가 '다시' 부르는 노래라고 제목을 붙이진 않았습니다. 디시의 노래는 바뀌지 않은 걸까요? 디시가 부르는 노래 가사의 핵심 내용은 무엇이기에 굳이 '다시' 부를 필요가 없을까요? 또한 이야기가 진행되는 동안 디시의 노래 가사는 조금 바뀌었을까요? 바뀌었다면 어떻게 바뀌었을까요?

이 책은 줄거리를 잘 정돈해야 헷갈리지 않고 읽을 수 있습니다. 작품이 시간 순서대로 서술되지 않기 때문입니다. 이미 할머니와 함께 사는 가족의 모습을 묘사한 다음에 할머니를 어떻게 만났고 받아들이게 되었는지 설명합니다. 시간이 뒤죽박죽 섞여 있어서 줄거리를 이해하려면 집중할 필요가 있습니다.

주인공 디시뿐 아니라 형제자매와 할머니의 마음에 이입하면서 읽어보기를 바랍니다. 주인공 디시는 장녀로서 동생들을 걱정하고 할머니까지 살피는 성숙한 모습을 보여줍니다. 나이에 걸맞지 않게 지나치게 성숙하다는 느낌마저 듭니다. 다른 동생들도 또래와 비교하면 어리광 따위 부리지 않습니다. 서로를 염려해 주고 할머니가 자기들을 버릴까 조바심 냅니다. 눈칫밥을 먹는다고 할까요? 그런가 하면 할머니는 졸지에 네 아이의 보호자가 됩니다. 자기를 떠난 딸도 모자라 아이들까지 묵묵히 돌보기로 결심합니다. 할머니는 그렇게 살고 싶지 않았습니다. 누구보다 독립적이고 주체적인 삶을 중요시하던 사람이기 때문입니다. 이들이 각자 느꼈을 내면의 갈등과 혼란을 생각하며 이야기를 읽어보기를 바랍니다.

★Discussion · 생각하고 토론할 주제

• 잠시 디시의 입장이 되었다고 상상해 봅시다. 엄마 아빠 없이 동생들을 돌봐야 합니다. 있는 줄도 모르던 할머니가 받아주지 않으면 보호소에 들어갈 수밖에 없습니다. 이런 상황에 나라면 어떻게 동생들을 다독일까요? 할머니한테 갈까요, 아니면 보호소로 갈까요? 그 이유에 대해 말해 봅시다.

• 가족은 손을 내밀기도 하고 내민 손을 잡을 수도 있어야 한다고 작품은 말합니다. 우리는 언제 가족에게 손을 내밀었고 그때 가족의 반응은 어땠나요? 반대로 가족 누군가가 내게 손을 내밀었을 때 나는 어떻게 반응했나요? 왜 그랬을까에 대해서도 생각해 봅시다.

• 가족 전체가 힘든 일을 겪은 적이 있다면 그 일은 무엇이었고 해결하기 위해 가족이 어떻게 힘을 모았는지 떠올려 봅시다. 어린 나에게도 역할이 있었을까요? 어떤 역할을 했는지에 대해서도 이야기해 봅시다.

• BOOK 5 •

1993년 수상작
그리운 메이 아줌마

신시아 라일런트 | 사계절

《Missing May》 | Cynthia Rylant | Scholastic

Age 9-12

Reading Level ★★☆☆☆

슬픔을 이겨내려면
언제나 사랑 한 스푼이 필요하다

★ Author Story · 작가 이야기

작가는 1954년 웨스트버지니아주 호프웰에서 태어납니다. 어린 시절을
일리노이에서 보냈는데, 부모님이 신시아가 네 살 되던 해에 헤어져 외조
부모와 함께 살았기 때문입니다. 어머니조차 거의 보지 못할 정도로 부모
와의 유대가 별로 없었다고 합니다. 다행해 외조부모는 사랑과 안정감을

주셨지만 너무나 가난해서 장난감이나 동화책 같은 건 사치였다고 합니다. 하지만 이 시기의 기억과 아픔조차 훗날 작가로 활동하는 데 많은 영감을 줬다고 합니다.

9세 때 비틀스 폴 매카트니한테 열광했고, 10대 때에는 정치인 로버트 케네디를 대선 캠페인에서 만나 깊은 감명을 받기도 합니다. 이후 마샬 대학교에서 영문학 석사 학위를 받으면서 문학에 깊은 관심을 두고 공부합니다. 하지만 대학 졸업 후 직장을 잡기 어려워 식당 종업원으로 일하기도 하고 이후 공립 도서관 사서로 일하면서 본격적으로 동화책을 접하게 됩니다. 조부모와 시골에서 살던 경험을 살려 첫 번째 책《나의 산골 어린 시절(When I Was Young in the Mountains)》을 썼고 이 책으로 전미 문학상(American Book Award)을 받습니다.

어려운 환경에서 자랐고 뒤늦게 아동문학에 관심을 가졌지만, 작가는 왕성하게 작품 활동을 이어가 소설, 시 등을 포함해 100권이 넘는 동화책을 썼습니다. 이 작품으로 뉴베리상 메달을 받았고 이후《조각난 하얀 십자가(A Fine White Dust)》로 뉴베리 아너상을 받았습니다. 이 외에도 여러 번 칼데콧 상을 받으며 많은 이들에게 사랑받는 작가가 되었습니다.

★ Story Review · 책 속으로

서머라는 소녀가 있습니다. 소녀는 어려서 부모를 잃고 시설에서 자랍니다. 그러던 어느 날 자녀가 없던 메이 아줌마와 오브 아저씨 부부가 서머를 입양합니다. 서머 나이 여섯 살때였습니다. 부부는 서머를 친딸처럼 아껴줍니다. 사랑이 절실했던 서머는 부족함 없는 사랑을 받으며 잘 성장하고요. 서머는 생각합니다. '이렇듯 사랑받을 수 있는 건 가엾은 엄마가 나를 받아줄 누군가가 나타날 때까지 내가 살아갈 수 있을 만큼 넉넉한 사랑을 남겨두고 갔기 때문'이라고.

그런데 서머가 열두 살 되던 해에 사랑하는 메이 아줌마가 밭을 가꾸다가 갑자기 돌아가십니다. 원래 아줌마는 몸이 좋지 않았어요. 그런데 아내를 잃은 오브 아저씨와 서머의 슬픔이 상상을 초월하게 깊었습니다. 아저씨는 삶의 의욕을 잃고 자신은 물론 서머도 제대로 돌보지 못합니다. 오히려 서머가 아저씨를 돌봐야 할 상황이었죠.

그런데 같은 반 남자아이 클리스터가 등장해서 상황이 더 꼬입니다. 뭔가 특이한 이 남자아이는 오브 아저씨와 친해져 활기를 주지만, 서머는 조금씩 소외감을 느낍니다. 서머가 걱정이 많은 타입이었다면 클리스터는 매사에 긍정적인 아이였고, 그 덕에 오브 아저씨는 새로운 활력을 얻습니다. 그러나 서머는 클리스터를 더 좋아하는 것처럼 보이는 아저씨한테 섭섭한 마음이 들었죠.

메이 아줌마를 너무도 그리워하던 아저씨와 메이는 우연히 영매가 되어 죽은 이와 대화할 수 있다는 목사님 이야기를 듣습니다. 그들은 클리스터와 함께 목사님을 찾아갑니다.

하지만 목사님이 더 이상 영매 노릇을 할 수 없다는 걸 알게 된 아저씨와 메이는 실망하게 되고, 국회의사당을 구경하고 싶어 따라 온 클리스터도 희망이 이뤄지지 않아 아쉬워합니다. 하지만 아저씨는 마음을 바꿉니다. 차를 국회의사당으로 돌려 클리스터의 소원을 이뤄주고 메이 아줌마와의 추억을 곱씹으면서 서머에게 미안하다고 사과하고 앞으로 더 잘해주겠다고 다짐합니다.

★ Reading Point · 때때로 슬픔은 진정한 우리를 발견하게 해 준다

어린 독자라면 가까운 가족의 죽음을 경험하지 못했을 수도 있을 것입니다. 혹은 경험했어도 당시에는 그게 뭔지 모르는 상태에서 무덤덤하게 느꼈을 수도 있고요. 친구나 가족의 죽음은 슬픔과 함께 엄청난 상실감을 가져옵니다. 슬픔에 빠져 아무것도 못 하고 무기력해지기도 합니다.

하지만 시간이 흘러 슬픔으로부터 빠져나오고 회복하고 나면 오히려 이전보다 더 성숙하고 건강해진 자신을 만나기도 합니다. 물론 혼자 힘으로 가능한 것은 아니죠. 나를 위로하고 사랑해 주는 사람이 있기에 비로소 아픔을 딛고 성장할 수 있습니다. 소중한 누군가를 떠나보내고 이전에는 몰랐던 다른 이들의 소중함을 새삼 발견할 수도 있습니다.

작가는 아주 어렸을 때 부모님과 떨어져야 했습니다. 네 살이라고 하니, 기억이 나지 않을 수도 있을 겁니다. 그런 다음 외가에서 지냈지만 엄마도 자주 볼 수 없었고 아빠는 돌아가실 때까지 만나지 못했다고 합니다. 많은 사랑을 받아야 할 시기에 부모가 곁에 없었던 것이죠. 어린 나이로는 감당하기 어려웠을 이별과 아픔이었지만 외조부모의 보호와 사랑 아래, 비록 가난했어도 좋은 추억을 만들 수 있었습니다. 그 시절의 경험이 자양분이 되어 깊은 생각을 끌어내 주었고 많은 책을 쓰고 상도 많이 받을 수 있었습니다.

어려움이 닥칠 때 누군가의 도움이 없으면 혼자 다시 서기가 힘듭니다. 쉽게 좌절하거나 포기하고 맙니다. 하지만 나를 도와주는 사람이 있다면 일어설 수 있고 아픔과 슬픔을 값진 보물로 변화시킬 수 있습니다. 또한 주변의 슬픔을 겪는 사람을 위로할 수 있는 따뜻한 마음도 갖게 되고요. 이별과 슬픔이 꼭 나쁜 것만은 아닙니다. 단, 이겨낼 힘과 누군가의 관심이 꼭 필요합니다.

★ How to read

① 클리스터를 만나 자신의 마음을 알게 된 서머에 대해 생각해 보자
② 오브 아저씨의 마음이 변화하는 과정을 이해하며 읽어보자
③ 특별한 형태의 서머 가족을 통해 가족의 의미를 생각해 보자

클리스터가 나타나면서 서머는 자신에 대해 돌아보게 됩니다. 자신이 '모든 것을 잃을까 봐 전전긍긍하는' 부정적인 마음에 사로잡혀 있었다는 걸 알게 되지요. 왜 그런 마음이 들었을까요? 어려서 부모를 잃고 보육 시설에 맡겨졌고 메이 아줌마를 만나 행복한 시절을 보냅니다. 그런데 얼마지 않아 메이 아줌마가 죽고 맙니다. 자신을 돌봐줘야 할 아저씨마저 상태가 좋지 않습니다. 서머가 부정적인 마음을 품었던 원인을 이해하며 읽어보기를 권합니다. 아울러 그런 마음을 드러나게 한 클리스터에게 적대심을 품은 이유도 생각해 봅시다.

오브 아저씨의 변화를 이해하면서 읽어보는 것도 좋습니다. 메이 아줌마가 살아 있을 때 아저씨는 늘 든든한 보호자였습니다. 그런데 아내가 죽고 나서 슬픔에서 빠져나오지 못합니다. 영매 목사라는 어이없는 정보에 끌려 아이들을 데리고 가기도 합니다. 그런데 죽은 메이 아줌마와 대화할 수 없게 되어 좌절할 줄 알았는데 오히려 기운을 차리고 아이들을 돌봅니다. 어떻게 해서 그런 기운을 얻을 수 있었을까요?

가족의 의미를 생각하며 읽어보길 권합니다. 작품 속 서머 가족은 보통의 가족과 다릅니다. 서머는 입양되었는데도 메이 아줌마와 오브 아저씨를 엄마 아빠라고 부르는 대신 여전히 아줌마 아저씨라고 호칭하고, 두 어른 역시 자신들을 엄마 아빠라고 부르라고 강요하지 않습니다. 호칭 같은 건 중요하지 않아 보입니다. 딸이라고 부르지 않아도 딸 이상으로 사랑합니다. 특히 메이 아줌마의 사랑은 어떤 엄마보다 대단합니다. 가족은 핏줄만을 의미할까요? 책을 읽으며 가족이 무엇인지 깊이 생각할 수 있을 것입니다.

★Discussion·생각하고 토론할 주제

- 이별, 죽음, 힘겨운 상황 등 과거의 경험을 떠올려 봅시다. 어떻게 그 상황을 극복했는지도 생각해 봅시다. 그때 힘이 되어 준 사람, 다양한 도움을 생각해 봅시다.

- 작품은 말합니다. "사람이든 물건이든 우리에게서 떨어져 나가려는 것들은 꼭 붙잡으라고. 우리는 모두 함께 살아가도록 태어났으니, 서로를 꼭 붙들라고. 우리는 모두 서로 의지하며 살아가게 마련이니까." 이 문장을 곱씹어 읽어보고 어떤 느

낌이 드는지 말해 봅시다. 특히 '꼭 붙잡으라!'라는 말과 '서로 의지하며 살아간다.'라는 말의 의미에 집중해 봅시다.

• 넓은 의미에서 나를 사랑하고 도와주고 위로하는 모든 사람이 가족일 수 있습니다. 그렇다면 나는 우리 가족 외에 누군가를 사랑하고 도와주고 위로했는지 생각해 봅시다. 잘 떠오르지 않는다면 지금부터라도 시작하는 건 어떨까요?

• BOOK 6 •

2015년 뉴베리 아너상 수상작
엘 데포

시시 벨 | 밝은미래

《El Deafo: A Graphic Novel》| Cecelia Carolina Bell | Harry N. Abrams

Age 8-13

Reading Level ★★☆☆☆

청력을 잃은 작가가 쓰고 그린
뉴베리상 최초 그래픽 노블

★**Author Story** · 작가이야기

작가는 1970년 미국 버지니아주에서 태어납니다. 어렸을 때 뇌수막염을 앓고는 갑자기 청력을 잃지요. 당시에는 엄청나게 크고 눈에 띄는 보청기를 하고 다녀야 했습니다. 그러나 낙심하지 않고 열심히 공부하면서 자신이 예술에 재능이 있다는 것을 알게 됩니다. 페어 예술대학교에서 공부하고 켄트 주립대학교에서 일러스트와 디자인을 배웁니다. 이 작품에는 그렇게 익힌 작가의 솜씨가 잘 담겨있습니다.

작가가 되기 전에는 상업 예술, 일러스트, 디자이너 등 프리랜서로 일했고, 직접 글을 쓰고 그림을 그려 여러 책을 출판합니다. 대표작품으로《양말 원숭이(Sock Monkey)》시리즈와《쿵쿵 발 냄새 어때?(Chick and Brain: Smell My Foot)》등이 있습니다.

작가의 어린 시절을 바탕으로 만든 이 작품은 2015년에 뉴베리 아너상을 받습니다. 청각이 안 좋은 이들을 이해하고 잘 소통할 수 있도록 돕는 이 책은 글자만으로 된 소설이 아니라 만화 형식으로 된 그래픽 노블 (graphic novel)입니다.

★Story Review · 책 속으로

시시는 평범하고 사랑스러운 딸입니다. 수영복을 너무 좋아해서 항상 수영복만 입고 지내지요. 그런데 시시가 네 살이 되던 해 갑자기 엄청나게 열이 올라 급히 병원에 가게 됩니다. 뇌수막염 진단을 받고 청력을 잃었다는 소식도 듣게 되지요. 완전히 안 들리는 것은 아니고, 보청기가 있어야 약간씩 들을 수 있습니다. 당시는 지금처럼 작고 귓속에 들어가는 보청기가 아니라 크고 불편한 보청기밖에 없었습니다. 일반 사람들은 보청기만 끼면 잘 들릴 거로 생각하지만, 연습 없이는 제대로 사용하기조차 어려웠습니다. 지금처럼 기술이 발달하지 못했으니 더 답답했고 보청기를 통해 들으면 무슨 말인지 이해하기가 힘들었습니다.

담담하게 표현하고 있지만, 어린 시시가 얼마나 절망하고 힘들었을지 상상이 갑니다. 시시는 보청기도 싫고 친구들이 놀릴까 걱정돼 학교에 가기도 싫습니다. 하지만 결국 극복하기로 마음먹지요. 긍정적으로 생각하기로 결심합니다. 시시의 학교생활은 전혀 평범하지 않습니다. 커다란 보청기를 한 시시를 아이들은 평범하게 볼 수 없었죠. 수업 때 보청기가 잘 작동하려면 선생님이 특별한 마이크를 써야만 했는데, 그걸 자주 까먹은 선생님 때문에 당황하기도 합니다. 하지만 처음엔 낯설기만 했던 학교생활에 적응하면서 조금씩 친구들이 생깁니다. 시시는 자신에게 '엘 데포'라는 별명을 붙이고 친구들이 어려움에 빠졌을 때 영웅이 되어 도와주는 상상도 합니다. 남들과 달라서 힘든 것이 아니라, 오히려 더 큰 힘을 발휘할 수 있다고 믿으면서 말입니다.

★**Reading Point** · 남들과 달라서 진짜 슈퍼 파워가 나온다!

엘 데포는 아주 특별한 귀머거리라는 뜻입니다. 데포는 청각 장애인을 말하는데, 거기에 스페인어 정관사 엘을 붙이면 '세상에 하나뿐인 것'이 되기 때문입니다. 참고로 귀머거리라는 말은 실제로는 쓰면 안 됩니다. 청각 장애인을 비하하는 말이기 때문입니다. 하지만 책에서는 시시 스스로 자신을 특별한 귀머거리라고 부릅니다. 긍정 마인드의 끝판왕 아닌가요?

장애가 있으면 장애가 없는 것보다는 힘들 겁니다. 그래서 사람들은 장애 없이 살고 싶어 하지요. 그렇다고 무작정 동정심을 가져야 한다는 게 아닙니다. 단지 남들보다 조금 불편하기에 배려가 필요합니다. 시시가 수업을 잘 들으려면 선생님은 보청기 장치와 연결된 마이크를 사용해야 합니다. 그래서 생긴 유쾌한 에피소드도 있습니다. 시시와 대화하려면 친구들은 입 모양을 더 명확하게 해야 합니다. 시시와 지내면서 선생님과 친구들은 배려하는 법을 조금씩 배워 나갑니다. 시시가 없었다면 배울 수 없는 것들이지요.

시시가 나중에 그림을 그리고 디자인을 공부하는 것은 어쩌면 청각이 좋지 않아서일 수도 있습니다. 청각 대신 시각이 더 발달했을 수도 있습니다. 장애가 있다고 포기하지 않고 오히려 더 잘할 수 있는 것을 찾아 개발한 시시는 분명 영웅입니다. 시시가 그렇게 할 수 있었던 데는 부모님과 주변의 도움이 있었습니다. 사랑하고 응원하는 사람들의 힘이 영웅을 더욱 영웅답게 만들어 줍니다.

★How to read

① 만화책처럼 빨리 넘기지 말고 그림을 음미하며 읽어보자

② 시시가 겪었을 어려움을 생각하며 읽어보자

③ 장애를 딛고 영웅이 된 사람들의 이야기를 함께 읽어보자

글만 빼곡한 책이 아닙니다. 그래픽 노블로 처음 뉴베리상을 받았습니다. 그러므로 그림에도 의미가 많이 담겨있습니다. 여기 나오는 인물들은 모두 귀가 토끼처럼 생겼습니다. 작가가 일부러 그렇게 그렸다고 합니다. 책의 맨 뒤에는 병원에 입원하고 청력을 잃기까지의 과정이 실제 사진과

함께 나옵니다. 거기 보면 할머니가 동화책에 나오는 토끼 캐릭터를 인형으로 직접 만들어 병원으로 보내 줍니다. 그 인형을 좋아한 작가는 영감을 받아 이 책의 그림을 그립니다. 어렸을 때도 수많은 토끼 중에서 자기만 귀가 작동하지 않는 토끼라고 느끼며 지냈다고 합니다. 만화책 보듯이 빨리 읽기보다 그림의 의미를 생각하면서 천천히 책장을 넘기기 바랍니다. 미술관에서 작품을 감상하기 위해 평소보다 천천히 움직이는 것처럼 말이죠.

작품 속 주인공은 장애 때문에 괴로워하는 소녀가 아닙니다. 오히려 남들과 달라서 영웅이 될 수 있는 한 아이의 모험담에 가깝습니다. 흥미롭고 유쾌하지만, 그 안에 작가의 어려움과 노력이 잘 담겨있습니다. 시시가 겪었을 어려움에 감정이입 하되 그걸 극복하기 위한 노력에 응원하며 읽어보기를 권합니다.

시시는 유독 낙천적이고 긍정적인 아이입니다. 하지만 장애 때문에 갑자기 부정적으로 변하는 사람도 많습니다. 시시 역시 힘들고 주변 상황이 도와주지 못하던 시절이 있습니다. 하지만 스스로 영웅이 되어 어려움을 헤쳐 가려 노력합니다. 이 책을 읽으면서 헬런 켈러(Helen Adams Keller)나 하반신 마비에도 유쾌하게 살아가는 모습을 보여줘 요즘 유튜브에서 화제인 박위 씨 같은 인물이 생각납니다. 관련 자료도 함께 찾아보면 좋겠습니다.

• 인터넷에 '옛날 보청기'를 검색해 사진을 찾아봅시다. 그런 보청기를 하고 학교에 간다면 친구들이 뭐라고 할까요? 청력을 잃고 그런 보청기를 하고 학교에 간 모습을 상상하며 친구들의 반응이 어떨지도 생각해 봅시다.

• 그래픽 노블은 그림이 있어 내용을 이해하기가 더 쉽습니다. 하지만 그림을 이해하는 법도 익혀야 하지요. 작품에서 가장 인상 깊은 그림을 찾아보고 그 의미를 해석해 보고 왜 그렇게 생각했는지 설명해 봅시다.

• 우리 사회에도 장애인이 적지 않습니다. 그런데 주변에서 마주칠 일이 많지 않아요. 장애인을 따로 분리해야 한다고 여기기도 하고 장애인 관련 시설이 우리 동네에는 들어오지 못하도록 반대도 합니다. 우리 사회에는 장애에 대한 어떤 편견이 있으며 그것에 대해 어떤 생각이 드는지 얘기해 봅시다.

◆ 2부 ◆

Newbery Medal
Theme 2

Historical
People and Event

세계사적 인물과 사건
세계시민으로서의 넓은 시야

뉴베리상은 역사책인 1922년 1회 수상작 외에도 역사적 인물과 사건을 문학적으로 재구성한 작품이 많습니다. 작품의 역사적 배경을 매우 중시하기 때문입니다. 과거 이야기든 현대 이야기든 '시대정신'이 빠진 문학은 존재할 수 없습니다. 뉴베리상 수상작 중 역사를 다룬 작품에는 몇 가지 특징이 있습니다.

첫째, 과거라는 거울을 통해 현대를 바라봅니다. 예를 들어 미국 남북전쟁은 피부색으로 인간을 차별하는 걸 참을 수 없어 일어납니다. 우리는 당시 역사를 읽으며 오늘날에도 남아 있는 불평등, 차별, 억압에 대해 생각하게 됩니다. 평등, 평화, 자유의 가치와 소중함도 떠올립니다.

둘째, 인류가 걸어온 길을 통해 앞으로 나아갈 방향을 생각하게 합니다. 전쟁의 참혹함은 평화의 중요성을 생각하게 만듭니다. 부정적인 역사를 통해 배움으로써 앞으로 다시는 되풀이하지 않겠다고 다짐합니다.

셋째, 뉴베리상 수상작이 다루는 역사는 매우 다채롭습니다. 유럽과 미국뿐 아니라 아시아, 한국 이야기도 나옵니다. 우리 학생들이 뉴베리상 수상작을 읽으며 세계시민으로 한층 더 성장할 수 있는 이유입니다.

• BOOK 7 •

1922년 수상작
청소년을 위한 친절한 세계사

헨드리크 빌렘 반 룬 | 문예춘추사

《*The story of mankind*》 | *Hendrik Willem van Loon* | *Liveright Publishing*

Age 12-17

Reading Level ★★★★☆

손주들을 위해 2개월 만에 뚝딱 써낸
동화보다 재밌는 역사책

★*Author Story* · 작가이야기

작가는 1882년 네덜란드 로테르담에서 태어났습니다. 스무 살이 되던 1903년 미국으로 건너가 코넬 대학교와 하버드 대학교에서 공부했습니다. 1905년부터 1906년까지 혁명 시기의 러시아와 동유럽에서 미국 AP 통신 특파원으로 일했는데, 덕택에 바르샤바, 상트페테르부르크, 모스크

바 등을 두루 다닐 수 있었습니다. 1911년에는 독일 뮌헨에서 철학 박사 학위를 받았고, 미국에 돌아와서 코넬 대학교 등 여러 대학에서 역사학을 가르쳤습니다. 그러다가 1914년 제1차 세계 대전이 시작되자 종군기자로 벨기에에 머물면서 중립국의 현실을 담은 첫 책《네덜란드 공화국의 몰락》을 썼습니다. 1915년부터 1917년까지 코넬 대학교 역사학 교수로 일했고, 1919년에는 미국 시민권을 받았습니다.

　작가는 1910년대부터 1944년 생을 마감할 때까지 많은 작품을 쓰고 삽화도 직접 그렸습니다. 가장 많이 알려진 작품은 이 책으로 영광스러운 1922년 1회 뉴베리상 수상작이기도 합니다. 이 책은 역사를 다루기에 작가가 살아 있는 동안 꾸준히 보충했고, 이후 여러 역사학자가 추가로 내용을 첨가하고 보완했습니다. 작가는 젊은이들을 위한 여러 작품을 남겼는데, 특히 역사, 인물, 예술 등을 다뤘습니다. 대표작으로《성서 이야기》, 《반 룬의 지리학》,《발명 이야기》등이 있습니다.

★ **Story Review** · 책 속으로

작가는 네덜란드에서 태어나 미국 시민권을 얻고 철학과 역사를 공부하고 기자로서 세계 곳곳을 돌아다닌 당시로서는 보기 힘든 세계시민 (Cosmopolitan)이었습니다. 하지만 아쉽게도 활동 범위가 서양에 국한됩니다. 그래서인지 서양 이외 지역의 역사는 많이 다루지 않습니다.

　작가는 다음과 같이 집필 목적을 설명합니다. "역사는 시간이 켜켜이 쌓여 만들어진 웅대한 경험의 탑이다. 그 탑에 들어서는 열쇠가 되기를 바라며 작품을 썼다."

선사시대부터 현대까지 사건과 인물을 중심으로 역사를 쓰면서 작가는 하나의 원칙을 적용합니다. "내가 다루는 인물과 사건의 원천은 단 하나다. 전 인류의 역사를 바꿀 만한 새로운 사상을 만들어 내거나 독창적으로 행동했는가?" 즉 작가는 세계 변화의 획기적인 전환점을 만든 국가와 인물 중심으로 역사를 써 내려갔습니다. 다만 스스로 고백했듯이 그는 완벽한 안내자가 아니며 아쉽게도 '인류 이야기'라는 원제목에 어울리지 않게 세계 곳곳을 두루 다루지는 못합니다. '서양 이야기'라고 하는 게 더 적절할지도 모르겠습니다.

선사시대에서부터 설명은 시작됩니다. 인간이 출현하고 그들이 품은 질문으로부터 비로소 문명이 생겨납니다. 이어 등장하는 시대는 동방 문명입니다. 문자가 만들어지면서 인간의 역사가 기록되기 시작합니다. 다음으로 고대 그리스 문명을 다루는데, 이는 현대인들이 줄곧 강조해 배우는 내용입니다. 시민과 민주주의의 탄생을 설명하고 이어 고대 로마 문명에서 로마의 탄생과 확장의 역사를 다룹니다.

오랜 세월 신이 역사의 중심이었던 중세 이야기, 인간 중심의 새로운 르네상스 시대, 신과 인간 관점의 충돌로 인한 종교 전쟁, 근대 민족 국가의 성립과 여러 국가의 발전과 경쟁을 다룹니다. 작가는 인간의 발전, 특히 과학 기술 발전으로 인해 한계가 없을 듯 보였던 인류의 삶에도 비로소 장애물이 생겼다고 설명합니다. 바로 자원의 한계입니다. 제한된 자원 탓에 각국은 어쩔 수 없이 경쟁해야 했고, 이 때문에 세계 대전이 터졌다고 분석합니다. 끝으로 폐허가 된 세계 위에서 인류가 다시 회복하고 더 성숙해질 것을 기대한다는 바람을 후세에 남깁니다.

집필 시기가 1900년대 초기임을 생각하면 꽤 획기적인 예측을 하기도 합니다. 증기기관이 사라지고 전기가 더 일반적인 것이 된다는 것, 과학 기술의 발전 속도에 비해 인간 정신의 발전은 느릴 것이라는 예견은 역사를 통해 작가가 얻은 통찰력의 절정이라고 할 수 있습니다.

지나온 역사를 둘러싼 관점 차이와 논쟁은 늘 존재합니다. 그럴수록 역사를 제대로 배운다는 것은 미래 시대를 살아갈 좋은 시민이 갖춰야 할 필수 덕목을 쌓는 것이라고 할 수 있습니다. 방대하고 어려워 부담스러울 수 있는 역사 콘텐츠를 할아버지가 손주들에게 옛이야기를 들려주듯 서술한 이 작품을 통해 흥미롭게 접할 수 있을 것입니다.

★ Reading Point · 1920년대 세상의 모습은 어땠을까?

이 작품은 뉴베리상이 제정된 첫해인 1922년 1회 수상작입니다. 이후 대체로 동화나 소설 등이 선정된 것을 생각하면, 1회 수상작이 '역사책'이라는 것은 뜻밖입니다. 하지만 어떤 작품이든 시공간이라는 배경 없이 존재할 수 없으므로, 역사책에 첫 상을 준 것은 뉴베리상이 앞으로 어떤 기준으로 상을 주게 될지 설명하는 하나의 기준이 됩니다. 뉴베리상은 시대정신과 그곳에서 살아갈 아동·청소년의 고민을 담은 책에 늘 좋은 성적표를 주었습니다. 이 책 역시 역사책이지만 시대정신을 잘 담아내고 있기에 선정되었다고 볼 수 있습니다.

1920년대는 제1차 세계 대전 직후입니다. 전쟁은 참혹했습니다. 자신들이 인류의 중심이라고 믿었던 서양 세계의 교만함이 자기 자신을 붕괴시킨 엄청난 사건이었죠. 그런데 작가는 당시의 황폐한 현실을 보면서 세계 대전이야말로 '새로운 세계로 나가기 위해 거쳐야 할 성장통'이라고 설명합니다. 근거로 과거 역사를 제시하면서 인류의 발전은 전쟁, 분쟁, 경쟁의 역사이기도 했다고 말합니다. 아무리 큰 파괴적인 전쟁이 발발해 마치 인류를 멸망시킬 듯해도, 인간은 결국 모두 극복했다고 긍정적으로 해석합니다. 황폐한 세계, 폐허 속 잿더미가 된 1920년대에 작가는 자녀와 손주 세대에게 희망을 주고 싶었던 것입니다.

★ How to read

① 암기하려 하지 말고 옛이야기를 듣는 느낌으로 읽어보자

② 작가가 서술한 순서대로, 혹은 흥미가 당기는 대로 읽어보자

③ 관심 가는 내용을 읽고 친구나 부모님에게 들려주자

역사를 좋아하는 학생도 있지만 따분하게 생각하는 학생도 있습니다. 역사를 좋아하는 학생은 대체로 역사 이야기를 많이 읽지요. 과거부터 전해 내려온 옛날이야기를 듣듯이 읽습니다. 그런데 역사를 좋아하지 않는 학생은 대체로 공부로 받아들이는 경향이 있습니다. 외울 게 많은 교과서처럼 마주하게 됩니다. 작가는 독자가 동화보다 더 재미있는 이야기로 받아들이기를 바라며 역사를 서술했습니다. 그러므로 머릿속에 암기한다고

생각하기보다 옛날이야기 듣듯이 읽겠다는 마음가짐으로 접하기를 권합니다.

작품은 연대기 순으로 정리돼 있습니다. 그러니 처음부터 순서대로 읽어도 됩니다. 선사시대부터 현대까지 작가가 서술한 대로입니다. 그렇게 하면 세계 역사를 순서대로 살펴볼 수 있다는 장점이 있습니다. 반면 호기심이 당기는 부분부터 읽어도 됩니다. 아무래도 너무 먼 과거로 올라가면 어렵거나 흥미를 잃기 쉽겠죠. 오스트랄로피테쿠스, 네안데르탈인, 크로마뇽인… 이런 단어가 익숙하지 않으면 지루할 수밖에 없습니다. 그럴 땐 읽고 싶은 시대를 먼저 접하면서 읽어 나가도 됩니다. 그러다 보면 어려운 내용에 관한 관심도 저절로 생겨날 수 있습니다. 읽는 재미도 더 있고요.

책은 혼자 읽기보다 같이 읽을 때 더 풍성한 결실을 볼 수 있습니다. 부모님이나 친구들과 같이 읽고 의견과 느낌을 나누기를 추천합니다.

★Discussion · 생각하고 토론할 주제

- 작가가 살던 시대(1920년대)와 우리가 사는 현대는 비슷한 점도 있고 다른 점도 있습니다. 어떤 점이 비슷하고 어떤 점이 다른지 생각해 봅시다.

- 〈월스트리트저널〉에 따르면 작가는 출판사의 독촉으로 단 2개월 만에 집중해서 이 책을 썼다고 합니다. 아마도 이미 쌓인 지식이 있어서 가능했겠지요. 우리가 지금 당장 세계사를 쓰기는 어렵겠지만 '나의 역사'는 써 볼 수 있습니다. 내가 살아왔던 역사를 써 보면 어떨까요?

• 작가는 자녀와 손주 세대들에게 전하는 이야기로 이 책을 썼다고 합니다. 우리도 우리 앞 세대인 어른들에게 무언가 메시지를 전하기 위해 이야기를 쓸 수 있을 것입니다. 어떤 이야기를 써 볼 수 있을까요?

BOOK 8

1966년 수상작
나, 후안 데 파레하

엘리자베스 보튼 데 트레비뇨 | 다른

《*I, Juan de Pareja*》| *Elizabeth Borton De Trevino* | *Square Fish*

Age 13-

Reading Level ★★★★★

피카소처럼 벨라스케스 그림 속 세계로
여행을 떠나 본다면?

★ *Author Story* · 작가 이야기

작가는 1904년 미국 캘리포니아주 베이커스필에서 태어납니다. 변호사인 아버지는 단편 소설과 시를 출판할 정도로 문학을 좋아했고 부모의 책 사랑은 매우 열정적이었다고 합니다. 집안 분위기 덕에서 어려서부터 책을 좋아했고 작가를 꿈꿨습니다. 6세에 시를 쓰고 8세 때 첫 시를 발표할 정도로 부모는 작가의 꿈을 적극적으로 지지해 줍니다.

스탠퍼드 대학교에서 라틴 아메리카 역사를 공부합니다. 미국 태생이지만 일찍부터 라틴 아메리카에 관심을 두고 공부했기에 유럽을 배경으로 하는 작품을 여럿 쓸 수 있었던 듯합니다. 대학 졸업 후에는 매사추세츠주 보스턴 음악원에서 바이올린을 공부하기도 하고 기자로도 활동합니다.

작가는 이 작품으로 1966년에 뉴베리상 메달을 받는데, 큰아들이 그린 그림에서 영감을 받았다고 합니다. 큰아들 루이스는 스페인 궁정화가 벨라스케스와 그의 유명한 그림 모델 후안 데 파레하 얘기를 들려주었고, 작가는 실제로 그림을 본 뒤 자료 조사를 해 소설로 씁니다. 작은아들은 스페인어 번역가로 활동하고 있어서 어머니의 작품 활동에 여러모로 도움을 줄 수 있었습니다. 작가의 소설로는 《흰 사슴 나카르(Nacar, the White Deer)》, 《떠오르는 달의 카실다(Casilda of the rising moon)》, 《엘 구에로: 진정한 모험 이야기(El Güero: A True Adventure Story)》 등이 있는데 모두 미국이 아닌 유럽 이야기를 다룹니다.

★ Story Review · 책 속으로

스페인 궁정화가로 유명한 벨라스케스의 노예였던 '후안 데 파레하'는 훗날 벨라스케스에게 그림을 배우고 나중에는 동료로서 함께 활동합니다. 즉 이 작품은 주인과 노예였던 두 사람이 그림에 대한 열정을 나누며 우정을 쌓아가는 이야기를 다룹니다.

실존 인물인 후안 데 파레하는 1610년에 태어나 벨라스케스의 노예로 팔려 가지만 1654년에 자유인이 되어 벨라스케스의 화실에서 함께 그림을 그립니다. '부름 받은 마태' 등의 작품으로 놀라운 재능을 인정받습니다. 이 정도의 역사적 뼈대 위에 작가의 상상력이 더해져, 소설인 이 작품이 탄생했습니다.

어려서 부모를 잃고 노예가 된 파레하는 늘 자유를 꿈꿉니다. 다행히 주인의 성품이 좋아서 파레하는 글도 배울 수 있었죠. 하지만 마을에 전염병이 돌고 사람들이 전부 죽게 되자 파레하는 화가 벨라스케스에게 팔려 갑니다. 새로운 주인에게 가는 길은 험난했습니다. 주먹을 휘두르며 끌고 가는 노예상에게서 도망치려다 다시 붙잡혀서 죽을 만큼 맞기도 합니다. 거의 초주검이 되어서야 새로운 주인을 만납니다.

새 주인은 파레하를 잘 치료해 주었고, 그림 조수로 일하게 했습니다. 벨라스케스는 꾸밈없는 진실한 예술을 중시하는 화가라 인위적인 아름다움을 싫어했습니다. 파레하는 주인을 돕고 어깨너머로 그림 그리는 걸 보면서 혼자 몰래 그림을 그립니다.

당시 스페인에서 노예는 예술 작품 가까이에도 갈 수 없도록 법으로 금지하고 있었기 때문입니다. 그러나 그림에 대한 열정을 포기할 수 없던 파레하는 결국 죽을 각오를 하고 자신이 그림을 그렸다는 것을 스페인 왕 앞에서 고백합니다.

벨라스케스는 파레하의 열정과 노력에 감동해서 자유인이 되도록 증서를 써 주었고, 파레하의 아내인 하녀 롤리스도 자유인으로 풀어 줍니다. 자유인 부부가 된 뒤에도 이들은 계속 친밀한 관계를 유지했고 벨라스케스와 파레하의 우정도 더욱 굳건해져 갑니다.

나이가 들어 벨라스케스를 포함한 많은 이들이 세상을 떠날 때쯤 아내 롤리스가 마침내 파레하에게 선언합니다. "당신의 앞날은 부드럽고 그늘이 짙어 있어요. 그런데 죽은 다음부터는 황금으로 에워싸이는 거예요."

아내의 말대로 파레하는 죽은 후에 더욱 명성을 얻는 예술가가 되었습니다.

★**Reading Point** · 자유를 갈망하던 1960년대의 바람을 역사에 담다

이 작품이 나온 것은 1960년대 중반입니다. 배경은 17세기 스페인이고 주인과 노예에서 시작해 친구이자 동료로 변해가는 두 예술가의 이야기를 다룹니다. 굳이 작가는 왜 300년 전 이야기를 소설로 재구성했을까요? 두 차례의 큰 전쟁이 끝났지만, 여전히 세계는 평등하지 못하고 자유롭지 못했으며 안전하지 못했습니다. 작품이 등장할 무렵 냉전체제로 세계는 갈라져 있었고 베트남 전쟁도 시작되었습니다. 우리나라도 갈등의 한가운데 놓여 있었지요.

파레하는 그림을 그리고 싶었지만, 노예에게 예술은 법으로 금지되어 있습니다. 1960년대 세계 모습도 비슷했습니다. 생각이 다르다는 이유로 예술이 금지되기도 했습니다. 표현의 자유에는 족쇄가 채워져 있었죠. 미국은 자유를 부르짖었지만 정작 공산주의자를 때려잡자는 미친 바람이 불었습니다. 북한과 맞대고 있던 우리는 더욱 심했고요. 정치적인 경쟁자

를 없애려면 '공산주의자'라고 몰아가면 그만이었습니다. 그런 상황에서 예술적 표현의 자유가 있었을까요?

예술 할 자유를 억압당한 이들은 노예와 다를 바 없습니다. 하지만 사람들은 자유를 부르짖었고 계속 노력했습니다. 당시로선 캄캄한 밤이었지만 밤은 언젠가 지나고 태양은 떠오릅니다. 희망을 품고 사람들은 자유를 향해 나아갔습니다. 지금은 어떤가요? 아직 부족하다고 하는 이들도 많지만, 그때와 비교하면 많이 진전했습니다.

자유를 누리며 사는 사람은 자유의 가치를 느끼기 힘듭니다. 그런데 노예로 살면서 그림은 꿈도 꾸지 못하던 파레하의 심정은 어땠을까요? 비로소 자유인이 되고 자기가 그리고 싶은 그림을 맘껏 그리게 되었을 때, 그는 어떤 마음이었을까요? 우리는 이 작품을 통해 자유의 소중함, 꿈꾸는 대로 행동할 수 있는 것의 가치를 다시금 생각해 볼 수 있습니다.

★ How to read

① 벨라스케스와 파레하의 우정에 공감하며 읽어보자

② 파레하의 열정은 어디서 어떻게 자랐는지 생각해 보자

③ 벨라스케스의 작품을 보며 읽어보자

이 책의 중심 이야기는 궁정화가 벨라스케스와 파레하의 우정입니다. 주인으로서 벨라스케스의 태도, 파레하를 대하는 모습, 자유인으로 해방한 이야기를 순서대로 생각해 보고 그때 파레하가 주인을 어떻게 대했는지

도 생각해 봅니다. 관계란 어느 한쪽만 잘해서 가능한 게 아닙니다. 둘 다 서로 진심을 보여주었고 온 마음을 다해 서로를 인정했기에 좋은 동반자가 될 수 있었습니다.

그림을 향한 파레하의 열정이 어떻게 꽃피웠고 고난에도 사그라지지 않고 꾸준히 타오를 수 있었는지 생각하면서 읽으면 좋습니다. 아무리 무언가를 좋아해도 죽음을 각오하면서까지 지킬 수 있을까요? 자신의 열정을 현실로 만든 파레하의 실행력을 이해하며 읽기를 바랍니다.

파레하와 벨라스케스의 작품을 보고 그들이 왜 위대한 화가인지 생각해 봅니다. 벨라스케스는 예술이 진실을 담아야 한다고 생각했습니다. 심지어 교황 초상화조차도 파레하가 걱정할 정도로 꾸밈 없이 있는 그대로 그립니다. 이런 태도와 신념은 그를 유명하게 해 주었을 뿐 아니라 후대에까지 사랑받게 만듭니다. 예술은 인위적으로 꾸며낸 아름다움이 아니라 진실을 담아야 한다는 말을 곰곰이 생각해 보기 바랍니다.

★ **Discussion** · 생각하고 토론할 주제

- 벨라스케스는 말합니다. "예술은 진실해야 한단다. 이 세상에 일어나는 일 중에서, 가장 엄격히 진실에 기초해야 하는 것이 바로 예술이야. 만약 예술이 진실하지 않다면 그건 값어치 없는 것이란다." 자신이 생각하는 예술은 무엇이며 벨라스케스의 생각에 동의하는 부분과 그렇지 않은 부분을 나눠서 생각해 봅시다.

- 책을 읽으면서 당시 귀족에 대해 생각해 봅시다. 파레하는 고백합니다. "약한 자는 항상 강한 자의 희생물이 되게 되어 있다는 사실도 터득했다." 지금 우리가 사는 시

대와 파레하의 시대를 비교해 봅시다.

- 벨라스케스와 파레하는 결국 인생의 동반자가 됐습니다. 주인과 노예에서 동반자가 되는 과정을 생각해 보고, 어떤 점이 두 사람을 친구로 만들어 줄 수 있었는지 생각해 봅시다.

• BOOK 9 •

1962년 수상작
청동 활

엘리자베스 조지 스피어 | 문학과지성사

《 *The Bronze Bow* 》| *Elizabeth George Speare* | *Clarion Books*

Age 12-17

Reading Level ★★★★☆

역사적 배경지식이 풍부한
생동감 넘치는 역사 소설

★*Author Story* · 작가 이야기

작가는 1908년 매사추세츠주 멜로스에서 태어납니다. 자신이 자란 곳이
매우 좋고 유난히 행복했다고 기억합니다. 들판과 숲에서 하이킹과 소풍
을 즐기며 가족과 극장에도 자주 다녔다고 합니다. 훌륭한 아동문학 작가
가 되는 자양분이 되었던 듯합니다. 작가는 1989년 미국 아동문학에 끼

친 공을 인정받아 로라 잉걸스 와일더(Laura Ingalls Wilder) 상을 받았고 페이퍼백교육협회(Educational Paperback Association)가 선정한 작가 100인에도 뽑혔습니다.

어린 시절 작가는 삼촌, 숙모, 사촌들과 대가족을 이루며 살았고 부모님도 적극적으로 지원해 주어 여러 사람을 만나며 다양한 것을 경험했습니다. 고등학교 때부터 글쓰기를 시작했고 1930년 스미스 대학을 졸업한 후 보스턴 대학에서 영문학 석사 학위를 받고 여러 사립 고등학교에서 영어를 가르치기도 합니다. 본격적으로 글을 쓴 것은 자녀가 중학교에 다닐 때부터라고 합니다. 첫 작품은 아이들과 함께 스키 탄 경험담을 담은 잡지 기사로 이후로는 어머니로서 여러 잡지에 글을 쓰고 단막극 대본을 쓰기도 합니다. 작가의 첫 번째 책은《칼리코 캡티브(Calico Captive)》이고 두 번째 작품이자 98페이지에서 소개할《검정새 연못의 마녀(The Witch of Blackbird Pond)》로 1959년 첫 뉴베리상 메달을 받습니다. 그리고 1961년에는 이 작품으로 두 번째 뉴베리상 메달을 받게 됩니다.

★**Story Review**·책 속으로

상상해 보세요. 금속인 청동으로 활을 만들기로 합니다. 그런데 막상 만들어 보니 활시위를 당길 수가 없습니다. 청동은 너무 약해서 줄을 당기면 휘어버리기 때문입니다. 청동 활이란 당길 수 없는 활, 즉 쓸모가 없는 무기라는 뜻입니다. 반대로 청동 활을 당길 수 있는 누군가가 있다면 그 사람은 엄청난 힘을 가졌을 것입니다. 성경 시편에는 '내 팔이 청동 활을 당기도다.'라는 구절이 있습니다. 하나님의 힘으로 자신들을 로마로부터 해방할 강력한 지도자를 그리는 이스라엘 사람들의 염원을 담은 구절입니다. 작품의 제목은 바로 그런 의미를 담고 있습니다.

이 작품은 예수가 등장한 시기의 이스라엘(팔레스타인 지역)을 배경으로 하고 있습니다. 다니엘은 산속에 비밀 민병대(민간인으로 만든 군대)를 조직한 로슈 밑에서 훈련병이 됩니다. 부모가 로마군의 손에 죽었고 할머니는 생계를 위해서 다니엘을 대장장이에게 팔아버릴 수밖에 없는 상황이었기 때문입니다. 그는 부모님의 원수를 갚겠다고 다짐하며 로슈의 명령에 복종합니다. 그러던 중 할머니가 돌아가시고 홀로 남겨진 동생 레아를 돌보기 위해 어쩔 수 없이 다시 마을로 내려갑니다. 그러면서도 다니엘은 계속 로마군에 대항할 신병을 몰래 모집합니다.

마을에서는 독실한 신자이자 율법을 열심히 공부하는 요엘, 그의 쌍둥이 여동생 테이시아가 여러모로 다니엘을 도와줍니다. 그러나 로슈는 점점 폭력적으로 변해가고 마을 사람들은 하나둘 그에게서 등을 돌리게 됩니다. 요엘은 민병대의 비밀 정보원임이 들통나서 로마군에 강제로 끌려가게 되었습니다.

그런데도 로슈는 요엘을 구할 생각이 없습니다. 실망한 다니엘은 마을에서 모은 신병들을 데리고 요엘을 구출하기 위해 나섭니다. 요엘을 구하는 게 쉬울 거로 생각했는데 로마군이 너무 강해서 구출이 어려워집니다. 다니엘은 자신의 용기가 얼마나 무모했는지 후회하지요. 그러던 중 다니엘은 예수를 만나게 됩니다. 예수는 증오심을 버리고 자신을 따르라고 말합니다. 하지만 어린 다니엘은 그 말을 이해할 수 없었고, 예수의 부름을 거절합니다.

얼마 후 여동생 레아가 자신이 끔찍이도 싫어하는 로마 군인 하나와 가깝게 지냈다는 사실을 알고 크게 화를 냅니다. 레아는 그만 충격을 받아 우울증에 시달리다가 열병에 걸리고 맙니다. 다니엘은 레아를 살릴 수 있는 것은 오직 예수뿐이라는 걸 알고 있지만, 자신이 차갑게 거절한 예수에게 다시 찾아갈 용기가 없었습니다. 그런데 어느 날 예수가 직접 찾아와 동생의 병을 낫게 해 줍니다.

순간 다니엘은 오직 사랑만이 증오를 이길 수 있음을 깨닫습니다. 청동 활을 당기는 힘은 증오가 아니라 사랑임을 알게 됩니다. 그러고 나서 동생에게 마지막 인사를 전하러 온, 그토록 증오했던 로마 군인에게 달려가 말합니다. "우리 집으로 들어오겠습니까?"

★**Reading Point**·로마로부터 해방을 꿈꾸는 이스라엘 민병대 이야기

성경 속 이야기와 메시지가 담긴 책입니다. 하지만 기독교인이 아니라도 작가가 전달하려는 메시지를 충분히 이해할 수 있습니다. 작가는 매우 보편적인 가치인 사랑을 말하고 있기 때문입니다. 사랑은 많은 의미를 담습니다. 이해, 소통, 받아들임, 용서 등 어떤 말로도 바꿔 사용할 수 있습니다.

작품의 배경은 서기 1세기입니다. 예수가 살아 있던 시기입니다. 당시 유대인들은 로마에 나라를 빼앗기고 식민지인으로 살고 있습니다. 로마 군에게 저항했다가는 마을 전체가 다 죽을 수도 있습니다. 주인공 다니엘

역시 로마군의 손에 부모를 잃었습니다. 유대인은 로마군이 요구하면 무조건 복종해야 합니다. 짐도 들어주고 식량도 내어주고 그들의 가축에게 물과 여물도 먹여줘야 합니다. 그들에게는 자유가 없었던 것이죠.

자유를 찾기 위해 두 부류가 등장합니다. 로슈는 힘(폭력)으로 로마군에 대항하려 합니다. 그와 반대로 예수는 사랑(하나님의 뜻)으로 때를 기다리자고 말합니다. 힘을 키워 대항하면 더 빨리 해방을 가져올 것 같고 식민지인으로 고통 속에 살아가는 사람은 그 방법이 정당해 보입니다. 막강한 로마군과 겨룰 수 있을 만큼 병사 숫자와 무기가 있다면, 가능성 있을지 모릅니다. 그러나 현실은 그렇지 못합니다.

실제 역사도 전혀 다른 방법으로 해결되었음을 보여줍니다. 증오 대신 사랑으로 인내하며 때를 기다리며 묵묵히 견디고 예수가 자기 몸을 바쳐 희생하자, 로마는 저절로 기독교를 받아들이고 박해를 멈춥니다.

작가가 살던 때는 증오의 시대입니다. 계속 전쟁이 일어나고 세계는 서로 대립했습니다. 미국에서도 매카시즘(McCarthyism)이라고 해서 똑똑한 사람을 공산주의자로 몰아 공격하던 어이없는 시대였습니다. 98페이지에서 소개할 작가의 《검정새 연못의 마녀》 역시 사랑을 강조합니다. 편견, 증오, 오해를 극복하는 방법은 진정한 사랑밖에 없다고 강조합니다. 여전히 세계 곳곳에서 벌어지는 전쟁과 미움을 떠올리며, 평화로운 세상을 만들기 위해 무엇이 필요한지 생각하며 읽어보기를 권합니다.

① 다니엘, 요엘, 로슈 등 여러 관점으로 읽어보자

② 청동 활의 의미에 대해 생각하며 읽어보자

③ 우리 역사에서 청동 활은 무엇이었을까?

이 작품은 로마 치하의 이스라엘을 배경으로 합니다. 자유를 잃고 핍박당한 민족의 이야기 속에서 자유를 위해 힘쓴 여러 사람의 모습을 보여줍니다. 그러므로 다양한 등장인물의 관점에서 작품을 읽어보면 좋습니다. 다니엘, 요엘, 로슈, 레아 등 여러 관점으로 읽어보면, 다양한 의미를 이해할 수 있습니다.

청동 활의 의미에 대해 생각해 보며 읽어보기를 권합니다. 앞서 말했듯이 청동 활은 성경 시편에 등장하는 단어로서, 할 수 없던 일을 가능하게 만드는 힘을 의미합니다. 작품을 읽으면서 등장인물의 청동 활은 무엇인지 생각해 보면 좋겠습니다. 다니엘의 청동 활, 레아의 청동 활, 요엘의 청동 활은 무엇인지 생각하며 읽어보기를 권합니다.

우리나라 역사나 현재를 생각하면서 우리에게 청동 활은 무엇일지 생각해 보아도 좋을 것입니다. 흔히 파란만장하다고 하는데, 우리 역시 수없이 외세의 침략을 받으면서도 지금 독립을 굳건히 유지하고 있습니다. 우리에게 청동 활은 무엇이었고 또 무엇인지 찾아보기를 바랍니다.

• 작품에서는 로마군에 대항하는 방법으로 두 가지를 보여줍니다. 하나는 로슈처럼 무력으로 로마군에게 대항하는 것이고, 다른 하나는 예수처럼 평화를 지키고 증오를 사랑으로 극복하는 것입니다. 둘 중에 어느 쪽이 더 타당할까 생각해 봅시다.

• 로슈는 자신을 도운 요엘이 잡혀갔는데도 돕지 않습니다. 오히려 다니엘이 요엘을 구출하자고 말하자, 그런 나약한 마음이 약점이라고 비난합니다. 로슈는 왜 요엘을 구출하지 않는 게 타당하다고 생각했을까요? 내가 로슈였다면 어떻게 했을지 생각해 봅시다.

• 여전히 세계에는 전쟁이 끊이지 않고 있습니다. 세계 평화를 위해서 우리는 어떤 일을 할 수 있으며, 어떤 일을 하고 싶은지 생각해 봅시다.

BOOK 10

1988년 수상작
대통령이 된 통나무집 소년 링컨

러셀 프리드먼 | 비룡소

《*Lincoln: A Photobiography*》 | *Russell A. Freedman* | *Clarion Books*

Age 12-

Reading Level ★★★★☆

완성된 위인 링컨이 아닌,
인간 링컨의 성장 이야기

★*Author Story* · 작가 이야기

작가는 1929년 미국 샌프란시스코에서 태어납니다. 아버지는 회사원이
었지만 어머니가 서점에서 일한 덕에 어렸을 때부터 책과 가까이 지냈습
니다. 산호세 주립대학교를 나와서 1950년대 중반까지는 샌프란시스코
의 신문사에서 기자와 편집자로 일했고, 이후 맨해튼으로 건너가 광고 일

을 하기도 했습니다. 이 시기에 《역사를 만든 십대들》을 쓰고 1961년에 출판하는데, 이후로는 직장을 그만두고 작가로만 활동합니다. 특히 미국 유명 인물의 전기와 청소년들을 위한 책을 50권가량 썼으며, 이 작품이 1988년 뉴베리상 메달을 받음으로써 더 많이 알려지게 됩니다.

　루스벨트, 라이트 형제, 매리언 앤더슨 등의 전기를 써서 뉴베리 아너상을 받았으며, 1998년에는 아동문학에 대한 공로를 인정받아 로라 잉걸스 와일더 상을 받기도 합니다. 논픽션 작가로서 유명인의 전기도 여럿 썼는데, 철저한 연구로 유명하며 작품의 뛰어난 표현력 덕에 "단어와 이미지의 세심한 통합"이라는 찬사를 듣기도 했습니다. 작가의 작품은 지금까지도 어린이뿐만 아니라 여러 나이의 독자에게 사랑받고 있습니다.

★Story Review · 책 속으로

링컨을 모르는 사람이 있을까요? 우리나라 위인보다 더 많이 알려진 미국 대통령일지 모릅니다. 그래서 대부분 관련한 이야기를 듣거나 책을 읽어봤을 것입니다. 그러나 이 작품만큼 역사적 사실을 수집해서 쓴 책은 없을 듯합니다.

　링컨은 어려서 일찍 어머니를 잃고, 아버지가 재혼해 새어머니 밑에서 자랐습니다. 게다가 형편이 가난해 하루하루 생계를 걱정해야 할 정도였죠. 새어머니는 좋은 분으로 링컨을 잘 돌봐주었습니다. 링컨은 자신의 노력으로 가난에서 벗어났고, 혼자 힘으로 공부해서 변호사 시험에도 합격했습니다. 그런 인간 승리의 모습 때문에 강인한 의지로 대통령이 되고 흑인 노예들에게 자유와 평등을 안겨준 리더로 알려져 있습니다. 현재까지 미국에서 '가장 존경하는 대통령' 설문에서 늘 1위를 다툰다고 합니다.

그런데 작가는 링컨을 무조건 용감하고 위대한 대통령으로 묘사하지 않습니다. 오히려 고민이 많은 사람, 계속해서 성장하고 성숙해진 한 인간으로 설명합니다. 링컨은 "역사상 가장 과묵하고 입이 무거운 사람"이라는 평가를 받을 만큼 속마음을 쉽게 내비치지 않았다고 합니다. 친구들이 야심이 제일 큰 사람이라고 입을 모을 정도로 욕심도 있었습니다. 가난한 시절 통나무 오두막집에서 벗어나기 위해 발버둥 쳤던 게 주변에선 지독하게 보였을 것입니다. 실제로 링컨은 가난에서 벗어난 자기 모습을 자랑스러워했다고 합니다.

정규 교육을 받지 못하고 혼자서 공부하고 많은 책을 읽으며 한계를 뛰어넘기 위해 노력했습니다. 그런데도 어쩔 수 없이 교양과 품위가 부족하다고 평가하는 이들도 있습니다. 열심히 노력해서 변호사가 되고 그것을 바탕으로 정치를 시작했습니다. 그러나 정치가로서 처음부터 인기가 있지도 않았고 대통령은 꿈도 꾸지 못했습니다. 하지만 계속 선거에 떨어져도 포기하지 않고 도전하고 연설 능력을 키워서 결국 어려움을 딛고 대통령에 당선됩니다.

그가 처음부터 노예 해방을 외쳤던 것도 아닙니다. 실제로 링컨은 남북전쟁을 일컬어 "이 전쟁의 가장 큰 목표는 미국을 하나로 지키는 것이지, 노예제도를 지키거나 없애려는 것이 아닙니다."라고 말한 바 있습니다. 게다가 남북전쟁 당시 링컨은 가장 인기 없는 대통령이었습니다. 북부 입장에서는 전쟁 초기의 실패에 대해서 괜히 전쟁을 일으켰다고 하면서 그를 탓했고, 남부 입장에서는 자신들에게 꼭 필요한 노예제를 없애려는 그를 지지할 수 없었습니다. 하지만 그는 포기하지 않았습니다. 옳다고 생각하는 일은 무슨 수가 있어도 밀어붙이려는 강직한 마음이 있었으니까요.

전쟁은 북부의 승리로 끝이 납니다. 전쟁 때문에 60만 명 이상이 죽었는데, 이는 이제껏 미국이 참여한 모든 전쟁의 사망자를 다 합친 것보다 많은 숫자라고 합니다. 그러나 남북으로 나뉘어 영원히 싸울 것처럼 보이던 미국은 마침내 하나가 되었습니다. 전쟁 후 다시 선거에 나선 링컨은 다시금 대통령에 당선되지만, 얼마 되지 않아 반대파의 총을 맞고 사망하고 맙니다.

★ **Reading Point** · 무조건 칭송하기보다 역사적 사실을 좇는 전기

작품은 청소년 논픽션 전기로 우리가 흔히 접하는 '위인전'과는 조금 다릅니다. 위인이 죽은 후 배우고 싶은 점만 추려서 정리한 위인전과는 달리, 다큐멘터리처럼 실제 인물의 삶을 세세하게 취재해 정리한 기록이기 때문입니다. 이 책은 링컨이 실제 남긴 말과 글, 주변 실존 인물들의 증언, 당시 신문 기사 등을 매우 세밀하게 제시합니다. 또한 여러 장의 사진 자료까지 포함되어 있습니다.

우리가 지금 알고 있는 것과 달리 유명한 게티즈버그 연설이 당시에는 별로 주목받지 못했을뿐더러 심지어 비난까지 받았다고 합니다. 또한 지금은 링컨을 미국인들이 가장 사랑하는 대통령으로 꼽지만, 정작 재임하던 당시에는 낮은 지지율로 늘 걱정이 많았다고 합니다.

외롭고 가난했던 통나무집 어린 소년 링컨이 스스로 성장하기 위해 기울였던 노력, 결혼이나 첫 직업을 갖는 일에서부터 대통령으로서 엄청난 규모의 내전(남북전쟁)을 치러야 했던 과정, 쉬운 일이 없었지만 끝내 극복하고 이겨낸 링컨의 삶 이야기를 통해 우리는 한 인간의 입체적인 여러 모습을 발견할 수 있습니다.

위대한 인물은 부유한 환경이나 잘 마련된 배경 등이 만들어 주는 게 아닐지 모릅니다. 지금 모습은 초라하고 여러 사람의 관심을 받지 못하더라도 자신이 믿는 바를 끝까지 밀어붙이는 힘이야말로 역사에 기록될 위대함을 만드는 원동력이 아닐까요?

★ **How to read**

① 성장하는 한 인간으로서의 링컨을 주목하자

② 다른 위인전과 다른 점을 파악하며 읽어보자

③ 남북전쟁, 노예 해방, 배울 점 등을 정리하며 읽어보자

이 작품을 읽는 독자는 크게 두 부류일 것입니다. 이미 링컨에 대한 글을 읽어본 사람과 처음으로 읽는 사람. 링컨 이야기를 잘 모르는 독자라면, 링컨이 누구인지 알아간다는 마음으로 읽어보기를 권합니다. 이 작품은 링컨을 칭송하기보다 한 인간으로서 성장하는 과정을 있는 그대로 보여

줍니다. 형편이 어려웠지만 늘 현재보다 나아지려 노력하고 변호사로서는 사건 해결을 위해 누구보다 성실히 일했다고 합니다.

이미 위인전 등을 읽었다면 무엇이 다른지 비교하며 읽어보기를 바랍니다. 위인전에는 링컨의 철학이 깊이 있게 소개되지 않습니다. 반면, 이 작품은 링컨의 사상이 어떻게 변화했고 특히 노예 해방과 관련해 어떻게 생각이 깊어졌는지 잘 풀어냅니다. 남북전쟁은 미국 역사에서 빼 놓을 수 없는 사건입니다. 무려 60만 명이 죽거나 다쳤고, 전쟁 후에도 완전한 노예 해방이 이뤄지지 않으면서 많은 문제를 낳기도 했습니다. 링컨 자신도 반대자의 총탄에 죽었습니다. 남과 북의 입장이 어땠는지, 지금까지 어떤 영향을 미치는지 파악해 가며 읽으면 좋겠습니다.

링컨의 삶을 정리하면서 그에게서 배울 점을 문장으로 나열해 보는 것도 좋을 듯합니다. 성실한 자세, 포기하지 않는 꾸준함, 남의 말을 경청할 줄 아는 자세 등 배워야 할 점을 많이 가진 사람이니까요.

★Discussion · 생각하고 토론할 주제

• 작품에서는 링컨을 이렇게 묘사합니다. "오늘날 링컨을 영웅으로 존경한다. 하지만 남북전쟁 때 링컨은 미국 역사상 가장 인기 없는 대통령이었다." 책을 읽어보고 왜 그랬는지 생각해 봅시다.

• 링컨은 자유에 관해 말합니다. "나는 항상 모든 사람은 자유인이어야 한다고 생각해 왔습니다. 그러나 누군가 노예가 되어야 한다면 첫 번째는 스스로를 위해 노예를 원한 이들, 두 번째는 타인을 위해 노예를 원한 이들이어야 할 것입니다. 누구든

지 노예제도를 옹호하는 이를 볼 때마다 나는 우선 그 사람부터 노예로 만들어 버리고 싶은 강한 충동을 느낍니다." '스스로를 위해 노예를 원한 이들', '타인을 위해 노예를 원한 이들'은 과연 누구를 말하는지 생각해 봅시다.

- 남북전쟁이 끝난 지 160년이 넘었습니다. 조금 어렵더라도 '평등'이 무엇인지 생각해 보고 지금 우리 사회의 평등 수준은 어떤지 생각해 봅시다.

BOOK 11

1951년 수상작
자유인 아모스

엘리자베스 예이츠 | 주니어김영사

《*Amos Fortune: free man*》| *Elizabeth Yates* | *Puffin Books*

Age 10-13

Reading Level ★ ★ ☆ ☆ ☆

노예였지만 누구보다
자유인으로 살았던 위대한 인간

★ *Author Story* · 작가 이야기

작가는 1905년 뉴욕주 버펄로에서 태어납니다. 아버지는 농장을 경영했고 자녀가 여덟 명이나 되었죠. 작가는 그 중에서 일곱 번째 딸입니다. 농장에서 자란 덕에 작가는 동물과 땅을 사랑하게 되었다고 합니다. 다른 형제들과 말타기도 하고 이야기와 시도 쓰면서 평화로운 어린 시절을 보냅니다. 프랭클린 학교를 1924년에 졸업하고 수학 학교에 1년 더 다닙니다. 졸업한 후 맨해튼으로 이사한 다음 1926년부터 작가가 되어 신문에 글을 기고합니다.

1929년 결혼 후에는 영국으로 건너가 10년 동안 살았는데, 유럽에 머물면서 스위스 알프스를 배경으로 한 소설 《고산지대에서의 휴가(High Holiday)》을 써서 1938년에 발표합니다. 이후 다시 미국으로 돌아와 농장을 운영하면서 작품 활동도 하고 여행하며 소설을 썼습니다. 작가는 어린 시절 어머니가 가족에게 꾸준히 책을 읽어준 덕에 책을 더 사랑하게 되었다고 말합니다.

12세 때 아버지가 준 성경은 평생 가장 좋아하는 책이 되었다고 하고요. 뉴햄프셔에 있는 실존 인물 아모스 포춘의 묘비명을 보고 큰 감명을 받아, 그의 일생을 연구해 이 책을 썼습니다. 그리고 이 작품으로 1951년 뉴베리상을 받습니다.

★ **Story Review** · 책 속으로

아모스 포춘의 본래 이름은 앗-문으로 아프리카 앗-문-시 부족의 왕자입니다. 체격이 다부지고 영리해 부족을 이끌 왕이 될 인물이었죠. 그런데 노예상들이 습격해 그 꿈을 앗아갑니다. 앗-문은 잡혀가 노예가 되었습니다. 그의 나이 열다섯이었지요.

불행 중 다행인 것은 그를 데려간 주인이 노예제를 찬성하지 않았고, 자신들이 데리고 있던 노예에게 자유를 약속했다는 것입니다. 첫째 주인은 '아모스'라는 이름을 주었고, 다음에 만난 좋은 주인은 행운을 뜻하는 '포춘'이라는 이름을 주었습니다. 그리고 마침내 아모스 포춘은 노예 생활 45년 만인 예순 살에 자유를 얻습니다.

자유를 얻은 아모스는 자신만을 위한 삶을 살지 않습니다. 어려서 생이별한 여동생을 떠올리며 어려운 처지의 흑인 노예 여성을 주인으로부터 사들여 아내로 맞이합니다. 그런데 오랜 노동으로 지친 여성들은 채 1년을 넘기지 못하고 죽습니다. 그렇지만 아모스는 그런 여성들을 돈을 주고 해방하는 일을 아까워하지 않습니다. "죽더라도 자유의 몸으로 죽게 하고 싶었어요!"

마지막 남은 인생의 아내와 딸이 될, 바이올렛과 셀린디아를 큰돈을 들여 자유인으로 만들고 나서야 아모스는 평화를 찾습니다. 홀로 우뚝 서 있는 산이라는 뜻의 '모나드녹 산'에 정착해 무두질(가죽으로 물건을 만들기 위해 두들겨서 가공하는 과정) 장인으로 이름을 알리기 시작합니다.

노예일 때부터 기독교 신자였던 아모스는 죽는 날까지 교회에 다니면서 좋은 일을 합니다. 특히 어려운 처지에 놓인 이들을 위해 재산과 재능을 기부합니다. 죽을 날이 되자 가족이 살 만큼의 유산만 남기고 모아두었던 돈을 모두 모두 교회 성찬식 은식기 구입과 학교 운영을 위해 기부합니다.

★**Reading Point** · 성경의 가르침을 온몸으로 실천한 자유인 아모스

세계에서 가장 많이 팔린 책은 성경이라고 합니다. 기독교인이 아니라도

성경을 읽는 이들이 많습니다. 구약 중에서 '아모스 서'가 있습니다. 선지자 아모스의 업적을 적은 것으로, 그가 부르짖은 것은 '정의'였습니다.

주인공 아모스는 노예로 잡혀 왔지만, 자유인이 된 후 힘을 다해 다른 노예들을 해방합니다. 정의를 실현하고자 노력한 아모스 선지자의 모습을 떠올리게 합니다. 이 작품은 '자유'의 의미에 대해 많은 것을 설명합니다. 다른 이의 종, 즉 노예로 사는 삶뿐 아니라 가난한 삶에서 벗어나는 것이 진정한 자유라고 말합니다. 아모스는 말합니다. "찢어지게 가난한 건 자유로운 게 아니라오." 그러면서 애써 모은 돈을 가난한 이웃에 나눠줍니다.

아모스 포춘의 모습에는 구약 성경 속 인물, 모세와 여호수아도 보입니다. '모나드녹 산' 자락에서 이웃과 살아가는 아모스의 모습에서 이스라엘 민족을 해방하고 시나이산에서 계시받은 모세의 모습이 보입니다. 사람들을 지키며 약속의 땅 가나안으로 나아가는 여호수아의 강인한 모습도 보입니다.

작가는 아모스 포춘을 통해 억압받는 노예의 신분이었지만, 인생의 장애물이 등장할 때마다 굴하지 않는 용기로 어려움을 극복하고 정의를 실현하려 평생 힘쓴 위대한 삶을 보여주고 있습니다.

① 성경에 나오는 가치를 떠올리며 읽어보자

② 주인공 아모스의 마음에 공감하면서 자유에 대해 생각해 보자

③ 평등의 진정한 의미에 대해 곱씹으며 읽어보자

성경에 대한 지식이 있다면 이 작품을 더 잘 이해할 수 있습니다. 그러나 성경을 모르더라도 인간의 소중한 가치, 즉 자유나 평등 같은 개념을 생각하며 읽으면 주인공 아모스의 마음에 공감하고 작가의 생각을 이해할 수 있습니다.

자유의 반대말은 구속이나 노예이겠지요. 거기에는 폭력이 따릅니다. 부족의 왕자였던 아모스를 노예로 만든 것은 노예상의 총부리였습니다. 자유인이 된 후에도 아모스는 백인에게 차별당합니다. 능력 있고 노력해도 백인과 동등한 대접을 받지 못합니다. 해방되었다고 반드시 자유가 주어지는 것은 아닙니다. 진정한 자유란 무엇인지 생각해 볼 대목입니다.

평등은 어떨까요? '무엇이든 똑같게 나누는 것'이 평등이라고 언뜻 생각하기 쉽습니다. 그런데 현실은 그렇지 못합니다. 10개를 가진 사람이 있고 하나도 없는 사람이 있습니다. 10개를 가진 사람이 자기 것을 나누면 좋으련만, 오히려 하나도 없는 사람을 노예로 삼으려 합니다. 그렇다면 가진 사람의 10개를 빼앗아 골고루 나눠주는 게 답일까요? 작품을 읽으면서 자유와 평등에 대한 깊이 있는 이해를 하기를 바랍니다.

• 아모스는 유언장에 243달러로는 교회 성찬식 은식기를 사고 나머지는 학교에 기부한다고 씁니다. 아모스의 삶과 그간의 생각과 행동을 고려할 때 왜 그 둘에 기부했는지 생각해 봅시다. 작품 속에 힌트가 나와 있습니다.

• 우리 주변을 돌아보며 자유가 없는 인간이나 생명이 있는지 생각해 봅시다. 왜 그런 생각이 드나요?

• 우리 주변을 돌아보며 평등하지 않은 것이 있는지 생각해 봅시다. 왜 그런 생각이 드나요?

• BOOK 12 •

1990년 수상작
별을 헤아리며

로이스 로리 | 양철북

《*Number the stars*》| *Lois Lowry* | *Square Fish*

Age 10-13

Reading Level ★★★☆☆

나치 지배하, 한 덴마크 가족의
유대인 탈출을 돕는 모험담

★ *Author Story* · 작가 이야기

작가는 1937년 하와이 호놀룰루에서 태어납니다. 군대 의사였던 아버지
로 인해 이사를 자주 다녔다고 해요. 일본에서도 3년을 살았다고 합니다.
여러 곳을 옮겨 다닌 경험이 작가가 되는 데 도움이 되었을지 모르겠습니
다. 브라운 대학교에 입학하지만 결혼하면서 그만두었다가 아이 넷을 낳

고 난 뒤에 다시 서던 메인 대학교에서 영문학을 공부합니다.

작가는 서른 무렵에 첫 작품《죽음이 앗아간 여름(A Summer to Die)》을 쓰는데 어렸을 때 죽은 언니를 추억하며 쓴 책입니다.《래블 스타키 (Rabble starkey)》로 1987년 보스턴 글로브-혼 북(Boston Globe – Horn Book) 상을 받았고, 이 작품을 써서 1990년에 뉴베리상 메달을 받으면서 아동·청소년 문학의 대표 작가로 자리 잡았습니다. 이후에도 여러 작품을 썼는데 특히 228페이지에서 소개할《기억 전달자(The Giver)》는 여러 논쟁과 사랑을 동시에 받은 소설입니다. 영화로도 만들어졌지요. 두 번째 뉴베리상 메달과 보스턴 글로브-혼 북 상을 받게 됩니다. 이외에도《구니 버드(Gooney Bird)》시리즈,《아나스타샤(Anastasia)》시리즈,《윌러비 (Willoughbys)》시리즈 등 여러 작품을 썼습니다.

★ Story Review · 책 속으로

제2차 세계 대전 당시 독일 나치가 점령한 덴마크 코펜하겐에 사는 안네마리 가족과 유대인 친구 엘렌 가족 이야기를 다룬 역사소설입니다. 당시 독일 나치는 전 세계 유대인을 모두 없앤다는 잔인한 계획을 실행했고, 유대인을 찾아내 수용소에 가두거나 죽였습니다. 그러니 유대인은 발각되면 목숨이 위태로운 상태였죠.

안네마리 가족은 위기에 몰린 유대인을 구출하게 되는데, 이번에는 친구 엘렌 가족을 구해야 합니다. 그런 까닭에 계속되는 위기 속에서 긴장의 끈을 놓지 못하고 손에 땀을 쥐며 작품을 읽게 됩니다. 책은 안네마리와 엘렌이 학교에서 집으로 돌아오다 독일군과 마주치는 장면으로 시작합니다. 다행히 당시까지는 아이들은 잡아들이지 않았습니다. 독일군은 아이들을 그냥 지나치고 맙니다. 엘렌 가족이 무사히 탈출하기까지 여러 번의 위기를 맞이하지만, 다행히 그때마다 위기를 극복합니다.

가장 손에 땀을 쥐게 하는 장면은 여기일 것입니다. 안네마리는 새벽 항구의 헨리크 삼촌에게 뭔지 모를 중요한 꾸러미를 전달하러 갑니다. 그런데 도중에 독일군과 훈련된 군용견과 마주칩니다. 부모님은 안네마리에게 꾸러미에 뭐가 들었는지 알려주지 않았죠. 엄마는 이렇게 말했습니다. "네가 만약 아무것도 모르면 용감해지기가 한결 쉽지." 이유가 있었겠지만, 안네마리는 아무것도 알려주지 않은 어른들이 야속합니다.

바다 건너 스웨덴으로 유대인을 피난시키는 덴마크 저항군들, 그 한가운데서 용감하게 행동하는 안네마리의 가족, 영문도 모른 채 위험하고 무서운 일을 해내야 하는 안네마리의 이야기가 펼쳐집니다.

★ Reading Point · 유럽을 미친 광기로 몰아간 홀로코스트의 현장

제2차 세계 대전 관련 영화를 보면 유대인 게토(독립구역)나 수용소 모습이 나옵니다. 목욕탕이라고 속이고 가스실에 가둬 죽이기도 합니다. 실제 약 600만 명이 넘는 유대인들이 죽임을 당했다고 합니다. 이러한 과정을 홀로코스트(Holocaust)라고 부르고 근대 역사에서 가장 대표적인 인종 청소로 불립니다. 인종 청소란 특정한 혈통이나 종교를 가진 사람을 무조건 죽이는 것을 말합니다. 아우슈비츠 같은 수용소 이름은 많이 들어보았을 것입니다.

인종차별의 뿌리는 깊습니다. 인간의 역사에서는 자신과 다른 혈통을 가진 이들을 차별하고 심지어 서로 죽고 죽이는 일이 종종 일어납니다. 최근까지도 아프리카와 아시아 여러 나라에서 벌어진 일들이지요. 유대인을 미워해 온 역사 역시 오래되었습니다. 예수를 십자가에 돌아가시게 했다는 이유에서지요. 똘똘 뭉쳐 자신들의 신앙(유대교)을 지키며 고리대금업이나 보석 유통 등으로 부를 쌓아온 것도 질시의 이유가 되었습니다. 이런 유대인에 대한 증오심이 드러난 극단의 사례가 바로 홀로코스트입니다. 심지어 어떻게 하면 짧은 시간에 많은 유대인을 죽일까 경쟁적으로 방법을 고안해 냈다고 하니 끔찍한 일입니다.

우리는 어땠을까요? 이 시기 우리는 일본의 식민지였습니다. 일본인이 1등 시민, 조선인은 그보다 낮은 등급으로 분류되었습니다. 진정한 일본인이 되려면 본래의 이름을 버리고 일본식 이름으로 바꿔야 했고 한글 대신 일본어로 공부해야 했습니다. 젊은 남성은 전쟁터로, 여성들은 징용이나 일본군 성노예로 끌려가 고초를 당했습니다.

세계가 전쟁터로 변한 후 전쟁에 이긴 나라는 1등 국가가 되었고, 전쟁에서 진 나라는 땅이나 자원을 빼앗겨야 했습니다. '이기는 자가 최고'라는 생각이 세계로 퍼져가던 때입니다. 그런데 지금은 어떤가요? 여전히 세계 어딘가에서 전쟁이 벌어집니다. 전쟁은 경제적 이득과도 관련이 있지만, 오랜 역사 속에서 서로 쌓인 민족이나 종교 간의 갈등 탓에 일어나기도 합니다. 우리가 잘살기 위해서는 다른 이들을 짓밟아도 된다는 생각은 여전히 사람들에게 잘 먹혀듭니다. 평화나 평등에 대한 인식이 커진 지금도 그런 잘못된 생각에 쉽사리 사로잡힐 수 있는 것입니다. 그래서 우리는 더더욱 역사를 배워야 하고 다양성을 존중하고 받아들이는 연습을 해야 합니다.

★ How to read

① 제2차 세계 대전 당시 홀로코스트와 레지스탕스란?
② 소설 《안네의 일기》와 함께 읽어보자
③ 누군가를 돕는 일에 대해 생각해 보고 대상을 떠올려 보자

이 작품은 소설이지만 실제 있었던 역사 이야기를 다룹니다. 덴마크 사람들은 7천 명이 넘는 유대인들을 탈출시켰고 그 과정에서 희생도 많았다고 합니다. 역사적 배경에 대한 지식을 덧붙인다면 더욱 긴장감 있게 책을 읽을 수 있습니다.

《안네의 일기(The Diary of Anne Frank)》와 비교하면서 읽어보기를 권합니다. 방식은 서로 달라도 두 주인공은 모두 용기 있는 삶의 자세를 보여줍니다. 역사적 실화 배경이라는 점에서 더 사실적입니다. 공포감과 두려움에도 주인공은 삶의 의지를 발휘합니다. 이 책의 핵심 주제는 용기입니다. 주인공 안네마리는 겁이 나지만 용기를 내어 주어진 심부름을 해냅니다. 안네마리의 가족 역시 위험을 무릅쓰고 용기를 내서 다른 이들을 도와줍니다. 용기는 강한 사람만 가지는 것일까요? 보통 사람이나 약한 사

람도 가질 수 있습니다. 강하게 무장한 독일군은 폭력을 휘두를 뿐 용기 있는 이들이라 할 수 없습니다. 겁이 나는데도 옳은 일을 하겠다는 의지, 이것이 용기가 아닐까요?

안네마리의 언니는 옳은 일을 하다가 죽게 됩니다. 안네마리는 처음엔 언니가 왜 죽었는지 알지 못했죠. 가족을 잃고 난 뒤에도 계속 누군가를 돕기란 쉽지 않을 것입니다. 많이 가졌거나 힘이 세야만 남을 도울 수 있는 것이 아닙니다. 돕겠다는 의지와 어려운 일이 닥쳐도 극복하겠다는 마음가짐이 중요하겠지요. 그런 대상이 누가 있을지 생각해 보면서 읽어보기를 바랍니다.

★Discussion · 생각하고 토론할 주제

- 지금까지 살아오면서 숨고 싶었던 상황이 있었는지 떠올려 봅시다. 그 상황에서 벗어나기 위해 어떤 행동을 했나요? 상황이 지나가기를 그냥 기다렸는지, 용기 있게 돌파했는지 기억해 봅시다.

- 이 작품은 실제 역사를 다룹니다. 수없이 전쟁을 치르며 사람들이 죽고 가족을 잃었습니다. 그런데도 왜 아직도 전쟁은 계속 벌어지고 세계 곳곳에서 갈등이 끊이지 않는 걸까요?

- "네가 만약 아무것도 모르면 용감해지기가 한결 쉽지." 엄마는 안네마리에게 말합니다. 그 말의 의미가 무엇일까요? 몰라서 용감해질 수 있는 경우와 알아야 용감해질 수 있는 경우에 대해 생각해 봅시다.

BOOK 13

1959년 수상작
검정새 연못의 마녀

엘리자베스 조지 스피어 | 시공사

《*The Witch of Blackbird Pond*》 | *Elizabeth George Speare* | *Clarion Book*

Age 10-15

Reading Level ★★★☆☆

17세기 마녀사냥, 차별, 무지와
싸워나가는 용감한 소녀

★ *Author Story* · 작가 이야기

작가는 1908년 매사추세츠주 멜로스에서 태어납니다. 들판과 숲에서 하이킹과 소풍을 즐기며 가족과 극장에도 자주 다닌 것이 훌륭한 아동문학 작가가 되는 자양분이 되었던 듯합니다. 작가는 1989년 미국 아동문학에 끼친 공을 인정받아 로라 잉걸스 와일더상을 받았고 페이퍼백교육협회가 선정한 작가 100인에도 뽑혔습니다.

어린 시절 작가는 삼촌, 숙모, 사촌들과 대가족을 이루며 살았고 부모님도 적극적으로 지원해 주어 여러 사람을 만나며 다양성을 경험했습니다. 고등학교 때부터 글쓰기를 시작했고 1930년 스미스 대학을 졸업한 후 보스턴 대학에서 영문학 석사 학위를 받고 여러 사립 고등학교에서 영어를 가르쳤습니다. 그렇지만 본격적으로 글을 쓴 것은 자녀가 중학교에 다닐 때부터라고 합니다. 첫 작품은 아이들과 함께 스키 탄 경험담을 담은 잡지 기사로 이후로는 어머니로서 여러 잡지에 글을 쓰고 단막극 대본을 쓰기도 합니다. 작가의 첫 번째 책은 《칼리코 캡티브(Calico Captive)》이고 두 번째 작품이 바로 이 책입니다. 둘 다 뉴잉글랜드와 코네티컷의 역사를 조사하면서 얻은 영감으로 쓰였고 이 작품으로 1959년에 뉴베리상을 받게 되지요. 또한 72페이지에 소개된 1961년 《청동 활(The Bronze Bow)》로 두 번째 뉴베리상 메달을 받습니다.

★ Story Review · 책 속으로

소녀 키트(캐서린 타일러)는 어렸을 때 부모를 잃고 할아버지와 삽니다. 여자지만 영국 식민지인 카리브해 바베이도스섬에서 노예들과 자유롭게 수영하며 다소곳함과는 거리가 먼 삶을 살지요. 그런데 갑자기 할아버지가 돌아가시고, 키트는 어쩔 수 없이 유일한 핏줄인 이모를 찾아 무작정 미국으로 오게 됩니다. 이모는 영국 태생이지만 미국인과 결혼해 뉴잉글랜드에 삽니다. 그곳은 청교도 신자들이 자급자족하며 검소하고 엄격하게 살아가는 곳입니다.

  말괄량이 키트는 살림도 할 줄 모르고 또래인 사촌 자매들과도 쉽사리 친해지지 못합니다. 이모부마저 키트에게 무관심하고 냉랭했죠. 고향이 그리워질 때면 키트는 홀로 초원으로 달려가 울곤 했습니다. 그때 누군가 가 조용히 다가옵니다. 동네에서 마녀라고 불리는 퀘이커 신자 소녀 해나 입니다. 키트와 해나는 곧 친구가 됩니다. 알고 보니 미국에 올 때 탔던 배 의 선장 아들이자 뱃사람인 내트 역시 오래전부터 해나와 가까운 사이였 습니다.

  키트는 사촌 자매 중 한 명인 머시의 부탁으로 예비학교 교사로 일하게 되고, 우연히 길에서 만난 소녀 프루던스를 해나 집으로 데려가 글을 가 르치기도 합니다. 그러던 중 갑자기 마을에 돌림병이 돌면서 여럿이 죽는 사건이 생깁니다. 키트와 사촌 자매 역시 고열에 시달리며 생사의 갈림 길에 서지요. 그들은 결국 회복하지만, 마을 사람들은 돌림병의 원인으로 검은새 연못의 마녀 해나를 지목합니다. 해나가 마법의 저주를 걸어서 돌 림병이 돌았다며 해코지하려 하지요.

  키트는 우여곡절 끝에 해나를 안전하게 대피시키지만, 해나와 친구라 는 이유로 같이 마녀로 몰려서 큰 위기에 처합니다. 그런데 누구도 나서지 않을 때 내트가 그녀를 보호해 줍니다. 키트가 글자를 가르친 프루던스를 데려와서 그동안 익힌 실력으로 멋지게 성경을 읽어 보인 것입니다. 내트 와 프루던스 덕택에 키트는 위기에서 벗어납니다. 이후 내트는 자기 배를 몰고 와서 키트에게 마음을 고백합니다. 배의 이름은 '마녀호'였습니다.

Theme 2 | Historical People and Event

★**Reading Point** · 다름이 틀림이 되는 순간, 폭력이 찾아온다!

이 작품은 "1687년 4월이었다."라고 회고하며 시작됩니다. 작품을 읽으면서 당시 미국과 영국(영국 식민지 포함)의 상황을 조금씩 알아갈 수 있습니다. 아메리카 대륙을 발견한 사람은 스페인 왕실의 후원을 받은 이탈리아 사람 크리스토퍼 콜롬버스였지요. 하지만 실제 미대륙 대부분을 식민지로 만든 나라는 영국입니다.

처음 미국을 개척한 사람들은 영국 국교 하에서 신앙의 자유를 허락받지 못한 청교도들이었습니다. 다른 사람이 보기엔 교리 차이가 크지 않지만, 당시는 종교로 인한 분쟁이 심각했습니다. 오로지 종교의 자유를 위해 그리운 고향을 등지고 아무것도 없는 미국 땅에 어렵게 정착한 것입니다. 하지만 그런 청교도인도 퀘이커 신자를 차별했고 마녀로 몰아붙이거나 이마에 표식을 하는 등 심한 행동을 합니다. 다름을 인정하지 못한 것이죠. 당시 미국은 아직 영국으로부터 독립하기 훨씬 전입니다. 미국 독립선언서가 나온 것이 1776년이니까 여러모로 사회적 갈등과 변화가 심하던 시기입니다.

작품은 이런 배경 하의 코네티컷 웨더스필드에서 세 쌍의 남녀가 펼치는 우정과 사랑 이야기를 담았습니다. 처음 엄격한 청교도 동네에 버젓이 비단 드레스를 입고 나타난 키트는 큰 충격을 줍니다. 처음에는 잘 어울리지 못하던 사촌 자매들은 서로 갈등하기도 하지만 결국 자신의 사랑을 찾아 행복의 길로 향합니다. 키트와 사촌인 머시와 주디스 이렇게 세 명의 아가씨와 선장 아들 내트(나다니엘) 이튼과 목사 지망생 존 홀브룩, 부

잣집 아들 윌리엄 애시비, 이렇게 세 명의 청년이 펼치는 사랑 이야기가
또 다른 재미를 안겨줍니다.

★ **How to read**

① 마녀라는 존재를 통해 미신에 대해 생각해 보자
② 키트와 이모네 가족이 끈끈해지는 과정을 알아보자
③ 사랑하며 공동체를 이루는 모습을 떠올리며 읽어보자

마을에는 아직 마녀에 대한 두려움이 있습니다. 누구에게도 해를 끼치지
않았지만, 퀘이커 신자라는 이유로 해나는 마을에서 배척당합니다. 심지
어 돌림병을 일으킨 마녀라고 목숨까지 잃을 위기에 처하지요. 자유를 갈
망하기에 미국에 왔는데도 이런 일이 벌어집니다. 이성으로 미신을 이기
고 오해를 벗지만, 결국 해나는 마을을 떠나야만 했습니다.

키트는 이모네 입장에서 날벼락 같습니다. 군식구인 데다 뭐 하나 할 줄
아는 게 없었으니까요. 키트도 어쩔 수 없이 이모한테 왔지만 불편하긴 마
찬가지입니다. 그러나 사건 사고를 거치며 점차 가족이 되어 갑니다. 냉랭
하던 이모부 역시 돌림병 와중에 가족을 헌신적으로 돌보는 모습에 키트
를 받아들이고 나중에 키트가 마녀로 몰릴 때 끝까지 보호해 줍니다. 가족
이 되려면 무엇보다 소통과 헌신이 필요하다는 걸 알 수 있습니다.

해나는 키트에게 말합니다. "사랑이 없는 곳으로는 절대로 도망칠 수
없단다." 어디서든 새롭게 살아가려면 그곳에 반드시 사랑이 있어야 한다

는 의미입니다. 서로 아끼고 존중하는 곳에서만 우리는 행복하고 사랑하며 평화롭게 살 수 있습니다. 나와 다르다고 해서 누군가를 미워하는 것은 알고 보면 잘 모르기 때문에 두려워서 그런 것입니다. 진정한 평화와 안정이 있는 세상은 마녀를 만들어 낼 필요도 없고 마녀가 존재하지도 않는 사회일 것입니다.

★Discussion · 생각하고 토론할 주제

- 우리에게도 마녀사냥 같은 역사가 있었습니다. 미신을 믿으며 죄 없는 사람을 제물로 바치기도 했지요. 지금도 희생양을 찾는 일은 흔히 일어납니다. 왜 사람들은 말도 안 되는 이유로 희생양을 찾고 그들을 미워하고 배척할까요? 이유를 생각해 봅시다.

- 영국에서 자유를 찾아 떠난 이들이 종교가 다른 이들이나 인디언 원주민을 차별하고 배척하고 박해했습니다. 차별받는 사람의 심정을 더 잘 이해해야 하는데도 말입니다. 이유가 무엇일지 생각해 봅시다.

- 키트는 종종 사람들이 하지 말라는 일을 합니다. 해나와 어울리지 말라고 했는데도 자기 생각이 옳다고 여겨 행동으로 옮깁니다. 이러한 키트의 생각과 행동에 대해 어떻게 생각하는지 말해 봅시다.

◆ **3부** ◆

Newbery Medal
Theme 3

Co-existence and
Respect Others

공존과 존중
화해와 평화의 진정한 의미

어느 때보다 공존과 존중의 가치가 중요해지고 있습니다. 나와 다른 누군가와 평화롭게 살아가는 의미를 되새기게 하는 뉴베리상 수상작은 차별, 오해, 갈등 속에 살아가는 우리에게 큰 울림을 줍니다.

첫째, 갈등으로 생겨나는 사회 문제에 대한 해결책을 알려줍니다. '나와 다른 누군가가 함께 살아가는 것'의 가치가 점점 커지는 시대입니다. 사람뿐 아니라 다른 모든 생명과 지구 환경과도 공존해야 합니다.

둘째, 다양한 문화와 인종이 얽혀 살아야 하는 시대에 걸맞은 사고방식으로 다양한 상황을 인식하고 적절히 행동할 수 있게 합니다. 뉴베리상은 인종의 용광로라할 수 있는 미국의 문학상으로서, 다름을 포용하고 인정하는 태도를 배우는 데 집중합니다.

셋째, 우리 역시 다양한 문화와 종교적 배경을 가진 이들과 만날 기회가 많아졌습니다. 뉴베리상 작품을 통해 앞으로 닥칠 혼합 사회에 필요한 자질을 익힐 수 있습니다.

BOOK 14

1963년 수상작
시간의 주름

매들렌 렝글 | 문학과지성사

《*A Wrinkle in Time*》| *Madeline L'Engle* | *Square Fish*

Age 12-

Reading Level ★★★★☆

실종된 아빠를 찾기 위한
남매의 시공간을 넘어선 모험

★*Author Story* · 작가 이야기

작가는 1918년 뉴욕에서 태어납니다. 금융업을 하는 외가 덕에 돈 걱정
이 없었고 어머니는 피아니스트, 아버지는 작가이자 평론가로 활동합니
다. 다만 전쟁 후유증으로 아버지의 폐가 좋지 않아 공기 좋은 곳을 찾아
다녔다고 합니다. 그래서 작가 역시 자연스레 어렸을 때부터 세계 곳곳을

경험했습니다.

5세부터 글을 썼지만, 학교생활에는 잘 적응하지 못합니다. 수줍은 성격 탓에 가정교사와 집에서 공부해야 했고 나중에는 스위스 기숙학교와 미국 기숙학교에 가기도 했습니다. 1937년 스미스 대학교에 다니던 때부터는 잘 적응해 우수한 성적으로 졸업했습니다.

어렸을 때부터 글쓰기를 한 작가는 1942년에 첫 소설을 펴냅니다. 하지만 쉽사리 인기를 끌지 못했고 마흔이 되던 해에는 더 이상 글을 쓰지 않겠다고 선언하기에 이릅니다. 하지만 머릿속에는 계속 이야기가 맴돌았던 모양입니다. 이 책에 대한 아이디어를 발전시켜 마침내 1960년에 완성합니다. 나중에 뉴베리상 메달을 받은 작품이지만 출간되기 전에는 무려 서른 번 이상 출판사로부터 거절당했다고 합니다. 작가는 아동문학에 대해 이렇게 말합니다. "어른은 이해하기 힘든 과학을 아이가 이해하는 경우가 많다. 상상력이라는 힘이 있기 때문이다."

★ Story Review · 책 속으로

미국에서는 초등 저학년 동화로 분류되지만, 개념을 쉽게 이해하기 어렵습니다. 영화 '인터스텔라'가 떠오르기도 합니다. 내용은 단순합니다. 메그의 아빠는 2년 전 실종되었습니다. 가족에게서 문제아 취급을 받는 누나 메그, 똑똑하지만 그것을 감추며 사는 남동생 찰스는 아빠를 찾아 나섭니다.

예전에는 별이었지만 지금은 암흑의 소굴이 된 악의 세력과 대결하게 되지요. 작품에는 어린 주인공을 돕는 이들이 등장하는데, '저게뭐야 아줌마', '누구야 아줌마', '어느거야 아줌마'입니다. 메그와 찰스는 아줌마들의 도움을 받아 암흑의 세계에서 아빠를 구출합니다.

메그는 유명한 과학자 부모의 첫째 딸이지만, 바로 뒤에 태어난 쌍둥이와는 달리 괴짜처럼 생각하고 행동으로 옮기는 바람에 동네에서 문제아로 찍힙니다. 하지만 부모는 메그의 잠재력을 알아채고 실패자가 아니라고 위로하며 사랑으로 보살핍니다.

막내 찰스는 이런 누나 메그와 가깝고 친하지요. 찰스는 세상 누구보다 똑똑하지만 그걸 다른 사람들에겐 보여주지 않습니다. 하지만 메그 누나에게만은 자기 실력을 보여주지요. '저게뭐야 아줌마'를 만난 찰스는 곧바로 메그에게 소개해 주기도 합니다.

두 사람은 '저게뭐야 아줌마'를 만나러 가다가 우등생 캘빈을 마주칩니다. 서로 얘기를 나누다가 캘빈에게도 상처가 있음을 알고 친해집니다. 셋은 아줌마들의 설명을 듣고 '시간의 주름'을 이용해서 3차원 너머의 5차원 우주를 자유롭게 다닐 수 있다는 것을 알게 됩니다. 지구에 어둠의 힘을 뻗치려는 암흑의 세계가 있으며, 거기에 메그 아버지가 잡혀 있다는 것도 알게 되고요.

아이들은 아빠를 구하기 위해 암흑의 세계로 시간 여행을 떠납니다. 암흑의 세계는 '모든 사람을 똑같이 만들면 모두가 행복해진다.'라는 엉뚱한 생각으로 우주를 점령하려 합니다. 하지만 아이들은 암흑의 세계와 싸우고 아빠를 구출하지요.

그런데 가까스로 아빠는 구했지만, 암흑의 힘에 지배당한 찰스를 그만 놓고 오게 됩니다. 메그는 다시 찰스를 구하러 모험을 시작하고 사랑의 힘으로 찰스를 구출해 지구로 돌아옵니다. 가족은 다시 모여 행복하게 살게 됩니다.

★ **Reading Point** · 시간을 접으면 5차원 시공간을 넘나들 수 있다!

물리학을 몰라도 상상 속 우주에서 모험하는 공상과학 동화로 재밌게 읽을 수 있습니다. 작품이 발표된 시기, 미국과 소련의 우주 경쟁이 치열했습니다. 소련이 먼저 인공위성을 발사했고, 깜짝 놀란 미국은 1961년에 세계 최초로 달에 인간을 보냅니다. 당시 물리학자 아인슈타인이 4차원 이상의 세계를 말했으니 작가 역시 그런 지식을 바탕으로 이 책을 썼을 것입니다.

그렇다면 오늘날 5차원 세계에 대한 이해는 얼마나 발전했을까요? 2014년에 나온 영화 '인터스텔라'를 보면 5차원 세계를 영상으로 표현합니다. 노벨물리학상을 수상한 킵 손(Kip S. Thorne)이 영화에 도움을 주었다고 하는데 그 역시 5차원 이상의 세계가 존재한다고 주장합니다.

'시간의 주름'이라는 것은 시간을 마치 종이처럼 구기거나 접을 수 있다고 보기에 가능한 제목입니다. 마치 천이나 종이처럼 접어서 주름을 만들면 시간과 공간을 단축해 우주 어디든 갈 수 있습니다. 작가는 시간의 주름을 이용한 우주와 시간 여행이라는 상상의 세계를 동화 속에서 만들어 낸 것입니다.

★How to read

① 과학 지식이 있어도, 과학 지식이 없어도 재밌게 읽어보자

② 메그, 찰스, 캘빈의 협동에 초점을 맞춰 읽어보자

③ 누군가를 구하려면 왜 '사랑'이 필요한 걸까?

공상과학 동화는 과학적 지식이 더해진다면 더 재미있게 읽을 수 있습니다. 물리학에 관심이 있다면 작품의 내용을 이해하는 데 도움이 될 것입니다. 하지만 과학적 지식이 없어도 흥미진진한 모험 이야기 자체로 아주 재밌습니다. 인물을 중심으로 읽어보기를 권합니다. 메그와 찰스는 다른 사람 눈에는 괴짜들입니다. 하지만 그렇기에 기꺼이 모험하고 아빠를 구합니다. 칭찬받는 모범생이 아니라도 자기만의 특기를 살리면 얼마든지 훌륭한 역할을 할 수 있습니다. 암흑의 세계는 '모든 사람이 똑같아지면 행복할 수 있다.'라고 주장합니다. 그런데 진짜 그럴까요? 똑같은 게 하나도 없어서 재미있고 신나고 더 많은 얘깃거리가 생기는 것이 아닐까요?

협동에 대해 생각하며 읽어보는 것도 권합니다. 암흑의 세계로 가기 전에 아줌마들은 메기, 찰스, 캘빈이 항상 함께 있어야 한다고 알려줍니다. 찰스가 암흑의 힘에 지배당하고 아이들이 흩어지니까 싸우기가 힘들어집니다. 세 사람 모두 저마다의 역할이 있고 그것을 잘 해낼 때 엄청난 암흑의 힘도 이길 수 있었습니다. 하나의 줄은 쉽게 끊어져도 세 개의 줄이 모이면 강합니다. '백지장도 맞들면 낫다.'라는 속담처럼 협동은 큰 힘을 만듭니다. 다양한 구성원이 모여 서로 협력할 때 사회는 더 큰 힘을 발휘

할 수 있습니다.

이 작품은 '사랑'의 의미에 대해서도 잘 설명해 줍니다. 찰스가 암흑의 세계에 사로잡혔을 때 아빠나 캘빈이나 아줌마들은 찰스를 구할 수 없다고 좌절합니다. 오직 메기만 다시 돌아가 찰스를 구합니다. 암흑의 힘에 지배당한 찰스의 정신을 깨운 것도 메기의 '사랑한다.'라는 진심 어린 말이었습니다. 지구 저편 어디에 무서운 암흑의 세계가 있더라도 사랑이 있다면 이겨낼 수 있다고 작가는 전합니다.

★Discussion · 생각하고 토론할 주제

- 책에는 이런 표현이 나옵니다. "형식은 정해져 있지만, 그 안에서는 자유롭다." 무슨 의미일까요? 암흑의 세계가 주장하는 평등(모두가 똑같음)과 차이가 존중받는 자유에 대해 생각해 보고 의견을 말해 봅시다.

- 작품은 시간도 물질이라고 말합니다. 최단 거리는 직선이 아니라고도 합니다. '시간의 주름'을 실험해 보고 그 의미를 생각해 봅시다. 빈 종이 한 면에 점을 찍고 반대면에도 점을 찍으세요. 이제 두 점을 잇는 가장 빠른 길이 무엇인지 떠올려 봅시다.

- 암흑의 세계 관리자는 '달라서 문제가 생기고 모두 똑같아지면 행복해진다.'라고 주장합니다. 그 말에 대해 어떻게 생각하나요? 동의하거나 반대한다면, 그 이유에 대해 말해 봅시다.

• BOOK 15 •

1999년 수상작
구덩이

루이스 쌔커 | 창비

《Holes》 | Louis Sachar | Yearling

Age 12-

Reading Level ★★★★☆

다섯 세대에 걸친 주인공 이야기를
퍼즐처럼 맞춰보는 재미

★ **Author Story** · 작가 이야기

작가는 1954년 미국 뉴욕에서 태어납니다. J. D. 샐린저(J. D. Salinger)
의 《호밀밭의 파수꾼(The Catcher in the Rye)》이나 커트 보네거트(Kurt
Vonnegut Jr.)의 《제5 도살장(Slaughterhouse-Five)》 등을 읽고 문학의 세
계에 빠져들었다고 하네요. 대학생 시절 초등학교 보조 교사로 일할 때의

경험을 살려 쓴《웨이사이드 학교(Wayside School)》시리즈가 인기를 끌면서 작가의 길을 가게 됩니다.

로스쿨을 나와서 변호사로도 일하지만, 곧 작가로만 활동하게 됩니다. 그러나 변호사로 활동한 것이 여러 작품의 법률적 설명을 쓰는 데 도움이 되었다고 합니다. 특히 이 작품은 뉴베리상, 전미도서상을 받고 영화로까지 만들어져 엄청난 사랑을 받습니다. 청소년들이 가장 좋아하는 작가로서 계속 작품을 내고 있습니다.《작은 발걸음(Small Steps)》,《잃어버린 얼굴을 찾아서(The Boy who lost his face)》,《수상한 진흙(Fuzzy Mud)》등 20여 권을 썼습니다.

★ *Story Review* · 책 속으로

세 개의 이야기가 서로 다르게 진행되다가 하나로 연결되는 형식의 작품입니다. 첫 번째 이야기에서 찌질이 스탠리는 유명 야구 선수의 신발을 훔쳤다는 누명을 쓰고 사막 한가운데 소년원으로 가게 됩니다. 초록호수 캠프 소년원에서는 아이들에게 계속 구덩이를 파게 하지요. 처음엔 무시당하고 괴롭힘도 받지만 결국 아이들과 친해져 우정을 쌓으며 탈출을 꿈꿉니다. 누명을 벗고 소년원을 벗어나기까지의 이야기가 흥미롭게 펼쳐집니다.

두 번째 이야기에서 주인공 엘리야는 사랑한 여자가 있는 고향을 떠나게 됩니다. 엘리야는 집시 할머니와의 약속을 지키지 못해 집안 대대로 저주를 받게 됩니다.

세 번째 이야기에는 흑인 장사꾼과 사랑에 빠진 백인 선생님 케이트가 나옵니다. 당시 흑백 간의 사랑은 가능하지 않았죠. 결국 사랑을 이루지 못하고 흑인 장사꾼은 백인을 사랑했다는 이유로 죽임을 당합니다. 화가 난 케이트는 애인을 죽인 보안관에게 복수하고 20년 동안 악명 높은 강도로 살아가게 됩니다.

세 이야기는 결국 스탠리에게로 모입니다. 모든 이야기가 결말로 가면서 서로 연결되지요. 작가는 아주 훌륭한 솜씨로 이야기들을 연결 짓기에 그걸 찾아가며 읽는 재미가 있습니다. 뒤의 두 이야기 속 주인공은 모두 스탠리의 조상이고 5대에 걸쳐 얽히고설키는 사연 속에서 작가는 여러 메시지를 전합니다.

★ **Reading Point** · 세상은 왜 공평하지 못하고 합리적이지 못할까?

스탠리는 뚱뚱하고 공부도 못하는 속칭 '찌질이'입니다. 학교에서 무시당하고 선생님조차 스탠리를 차별합니다. 우리 주변에도 이런 아이가 있습니다. 집단 따돌림을 받고 소외되는 아이 말입니다. 때로는 별 이유 없이 죄를 뒤집어쓰거나 다른 아이들의 미움을 받습니다. 작품은 그렇게 소외된 아이를 주인공으로 내세웁니다.

스탠리는 엉뚱한 누명을 쓰고 지옥 같은 사막에 끌려가서 이유 없이 구덩이를 파야 하는 강제 노동에 시달립니다. 비참한 상황이지만 아이는 오히려 자기 안에 있는 잠재력에 눈을 뜨게 됩니다. 몸과 마음이 점점 더 건강해져 갑니다. 학교에서 미움받을 때는 몰랐지만, 자기 안에 힘이 있었다는 걸 깨닫습니다.

누구나 장단점이 있습니다. 어떤 아이는 장점이 천천히 드러나기도 합니다. 단점만 지적하며 미워하면 그 단점이 때로 더 커지기도 합니다. 자신감을 잃고 다른 능력을 발휘하지 못하게 됩니다. 남보다 늦게 성장하는 사람도 있고 훨씬 뒤에 여러 능력을 발휘하는 사람도 있습니다. 스탠리는 바로 그런 아이였던 것입니다. 고난을 겪으면서도 긍정적으로 생각하고 최악의 상황에 빠지지 않는 힘을 보여줍니다.

스탠리의 5대 조상인 엘리야는 이 모든 일을 만들어 낸 장본인입니다. 집시와의 약속을 지키지 않아서 집안 대대로 저주를 받고 인종차별이 심하던 시대에 사는 후손 케이트는 비극적 사랑을 끝내고 나서 악당이 되어 더욱 망가집니다. 그런데 과연 이것으로 끝일까요? 인생은 정해진 운명대로 살아가야 하거나 사회가 가하는 압력이나 차별에 굴복해야 하거나, 능력과 운이 없으면 실패해야 하는 것일까요? 작품은 통쾌한 반전으로 달려가면서 한 번 붙잡으면 놓을 수 없는 퍼즐 조각처럼 흥미롭게 펼쳐집니다.

★ **How to read**

① 번역본이 나오기도 전에 원서가 인기 있던 이유

② 스토리 자체만이 아니라 메시지에 집중하며 읽어보자

③ 제목의 의미를 생각하면서 읽어보자

일반적으로 소설은 기승전결로 구성됩니다. 인물을 소개하고 천천히 시작하다 절정에 이르는 사건을 겪은 뒤 결말로 이어집니다. 이 작품도 마찬가지 구성입니다. 그런데 중간에 계속 과거 이야기가 뜬금없이 나옵니다. 전혀 상관이 없어 보이는 이야기들입니다. 그런데 읽을수록 세 개의 이야기는 계속 연결됩니다. 이 책의 번역본이 나오기 전부터 중·고등학교와 학원가에서 재미난 영어 소설이라는 입소문이 났다고 합니다. 꼬리에 꼬리를 무는 반전 덕에 밤을 새우며 읽었다는 후기도 많습니다. 그러기에 아주 어린 독자가 읽기에는 조금 어려울 수도 있습니다. 책의 재미가 어디에서 오는지 발견하면서 읽어가면 구성이 어려운 것은 뛰어넘을 수 있을 것입니다.

각각의 이야기 속에 담긴 메시지를 파악하면서 읽기를 권합니다. 세 이야기는 각각 시대별 주제를 담고 있습니다. 독자에 따라서 더 풍성한 주제를 찾아낼 수도 있습니다. 부모님이 함께 읽으면서 더 다양한 생각을 할 수 있도록 도와줄 수도 있습니다.

작품 속 구덩이의 의미는 무엇일까요? 아이들은 벌을 받는 대신 구덩이를 팝니다. 그런데 구덩이를 파면서 서로 우정을 쌓아갑니다. 구덩이는 아이들이 숨을 공간이 되어 주기도 하고 나중에는 보물을 찾기 위해 구덩이를 파기도 합니다. 이렇듯 변하는 구덩이의 의미에 대해 생각하며 읽어보기를 바랍니다.

- 스탠리는 '잘못된 시간에 잘못된 장소'에 있었기에 소년원에 갑니다. 하지만 결국 '올바른 시간에 올바른 장소'에 있었기에 행운을 얻지요. 그 의미에 대해 생각해 봅시다.

- 작가는 저주, 인종차별, 폭력 등 사회의 어두운 면을 꺼내 흥미진진하게 작품을 썼습니다. 작품은 해피엔딩이지만 현실은 그렇지만은 않습니다. 우리 사회의 어두운 면을 꼽아보고 그 이유를 생각해 봅시다.

- 스탠리처럼 억울한 누명을 쓰고 벌을 받은 적이 있는지 생각해 보고 당시 심정을 되새겨 봅시다. 억울함이 해소되었다면 어떻게 그랬는지 생각해 봅시다.

BOOK 16

2018년 수상작
안녕, 우주

에린 엔트라다 켈리 | 밝은미래

《Hello, Universe》| Erin Entrada Kelly | Greenwillow Books

Age 11-

Reading Level ★ ★ ★ ☆ ☆

우리는 모두 하나의 우주,
그만큼 소중하고 아름답다!

★ **Author Story** · 작가 이야기

미국 선원이었던 작가의 아버지는 필리핀 출신 어머니를 우연히 만나고 첫 만남에 결혼을 약속해 어머니가 미국으로 건너왔다고 합니다. 두 사람의 운명 같은 사랑 이야기는 이 작품에도 녹아 있습니다. 작가는 1977년 미국에서 태어나 루이지애나주 레이크찰스에서 자랍니다. 두 딸 중 막내인 그녀는 어릴 때 소심했다고 합니다. 학교에서 유일한 필리핀 혼혈이었기에 놀림을 받곤 했기 때문입니다. 이때의 경험도 이 작품에 잘 담겨 있지요. 그러나 작가가 되고자 꿈을 꾸면서 혼자서 책을 읽는 동안에는 외롭다고 생각하지 않았다고 말합니다.

작가는 맥니스 주립대학교에서 여성학을 공부하고 로즈몬트 대학교에서 미술 석사 학위를 받았습니다. 졸업 후에는 〈아메리칸 프레스(American Press)〉 기자로 일하면서 글쓰기를 시작합니다. 2015년에 첫 책《검은 새의 비행(Blackbird Fly)》을 출판하고 여러 상을 받게 됩니다. 이듬해 두 번째 작품《잊혀진 소녀들의 땅(The Land of Forgotten Girls)》으로도 아시아·태평양 미국 어린이 문학상을 받았고 마침내 세 번째 소설인 이 작품을 2017년 출판해 다음 해인 2018년에 뉴베리상 메달을 받습니다. 지금은 대학원에서 아동문학을 가르치면서 계속 작품을 쓰고 있습니다.

★ Story Review · 책속으로

전혀 다른 네 명의 동갑내기 아이들은 다 같은 학교에 다니는 것도 아니고 전부 다 친구인 것도 아닙니다. 하지만 신비한 사건으로 인해 네 명의 우주는 서로 얽히기 시작합니다. 아주 평범한 일상에서 단 하루, 네 명의 아이들은 엄청난 모험을 떠납니다.

버질 살리나스는 소심하고 생각이 많습니다. 가족들은 버질을 느림보 거북이라고 놀립니다. 청력이 좋지 않은 버질은 혼자 보내는 시간이 많고 친구도 별로 없습니다. 어렸을 때 단짝이라 여겼던 친구한테 절교 선언을

당하고부터는 더욱 내성적으로 되었습니다.

카오리 타나카는 괴짜입니다. 독특한 것에 관심이 많은데 특히 자신이 점성술로 앞날을 내다볼 수 있다고 믿습니다.

발렌시아 소머싯은 영리하지만 고집이 셉니다. 자기 이름이 맘에 들지 않아 르네라는 가명으로 자기를 소개하곤 합니다. 역시 친구가 별로 없지만 오만 잡지식이 많고 그런 발렌시아를 버질이 혼자 좋아합니다.

동네 골목대장인 쳇 불런스는 아이들을 괴롭히는 악당입니다.

이렇듯 책에는 여러 인물이 등장합니다. 특징이라면 모두 요즘 말로 인싸(insider)가 아닌 아싸(outsider)라는 것이지요. 무리에서 겉돌며 관심을 받지 못합니다. 특히 주인공 버질은 여러모로 아이들의 관심 밖입니다. 행동도 느려서 집에서조차 거북이라고 불립니다. 버질은 전학을 온 발렌시아에게 우연히 관심 두게 되고 그걸 유일한 친구인 카오리에게 고백합니다. 호기심이 많은 발렌시아는 우연히 카오리가 낸 점성술 광고를 보고 연락하면서 아이들 사이에 연결점이 생겨나기 시작합니다.

그런데 어느 날 사건이 생깁니다. 버질이 카오리를 만나러 가던 중 골목대장 쳇을 만나고 쳇은 놀림감이던 버질의 가방을 낡은 우물에 던져버리고 맙니다. 그런데 가방에는 애완 기니피그 '걸리버'가 들어 있었죠. 걸리버를 구하려고 우물로 들어간 버질은 그만 우물 안에 갇히고 맙니다. 영문도 모르고 버질을 기다리던 카오리는 발렌시아와 만나고, 버질을 찾으러 둘이 같이 숲으로 갑니다. 숲에는 뱀한테 물려 오도 가도 못하는 쳇이 있었죠. 발렌시아가 쳇을 도와주고 다시 아이들은 버질을 찾습니다.

우물 안에 갇힌 버질은 너무도 겁이 났습니다. 깜깜한 우물 안은 아무것도 보이질 않습니다. 하지만 버질은 어둠의 공포와 대결하면서 포기하면 안 된다고 스스로 다짐합니다. 마침내 버질이 어디 있을지 추리해 낸 친구들은 깊은 우물 속 버질을 찾아냅니다. 그리고 꺼내주지요. 미처 고맙다는 인사를 꺼내기도 전, 카오리는 칠칠치 못하다면서 버질을 혼냅니다. 모든 게 우연히 벌어진 일이라고 생각하면서 버질은 터덜터덜 집으로 돌아갑니다.

다음 날 늘 그랬듯이 학교에 가는 길에 쳇이 또 버질을 괴롭힙니다. 찌질이라고 놀리기 시작합니다. 그런데 버질은 가만히 듣고 있지 않고 거칠게 대듭니다. "또 한 번 날 그렇게 불러 봐. 후회하게 될 테니까!" 이제 버질은 뭔가 달라졌습니다. 집에 돌아와 가족들에게도 더 이상 자신을 거북이라 부르지 말아 달라고 정중히 부탁합니다. 자기를 도와준 발렌시아에게 용기를 내어 인사도 건넵니다. "안녕~!"

★ **Reading Point** · '안녕!'이라고 불러주는 순간 우주는 연결된다

작품의 제목과 달리 이 책에는 우리가 아는 광활한 우주 이야기는 나오지 않습니다. 그런데 신기하게도 작품을 읽으면서 우주를 생각하게 되지요. 신비로운 느낌과 함께. 네 아이들에게 벌어지는 사건은 다 우연 같습니다. 하지만 이것은 모두 우주의 필연적인 연결입니다. 모든 게 정해진 대로 이뤄지는 운명이라는 의미가 아닙니다. 노력하지 않으면 아무것도 해결되지 않고 우주가 얽힐 수도 없습니다. 우리의 만남도 마찬가지입니다.

발렌시아가 전학을 오기 전, 버질과 카오리는 친구입니다. 여기에 발렌시아가 참여하지요. 이들은 서로 다르지만 이해하려 노력합니다. 차이점보다는 공통점, 서로 연결할 수 있는 점을 찾으려 합니다. 버질이 키우는 기니피그의 이름이 걸리버인데, 발렌시아가 키우는 기니피그의 이름은 걸리버가 방문한 소인국 릴리프트입니다. 우연이라고 하기에는 의미가 있어 보입니다.

세상에서 일어나는 인연과 사건을 그냥 스치는 우연으로 취급하면 세상에 의미 있는 일은 아무것도 없을 것입니다. 부모님, 가족, 친구… 모두 우연히 만나 언젠가 헤어질 사람이라고 생각하면 감정을 소모하거나 노력을 기울일 필요가 없겠지요.

우리는 모두 하나의 우주이고 그 우주가 만나려면 서로 인사를 건네고 친절을 베풀고 서로를 이해하고 아껴줘야 합니다. 이렇게 연결되면 각각의 우주는 이전보다 훨씬 더 커지고 빛이 나는 존재로 나아갈 수 있어요. 동떨어진 우주는 힘이 없습니다. 누군가에게 소중한 사람이 되어 줄 때, 우주는 더 힘을 낼 수 있습니다. 작품은 이런 메시지를 말해 주는 것 같습니다.

작가는 학교에서 유일한 필리핀-아메리칸이었다고 해요. 그래서 놀림도 많이 받았습니다. 같은 반 친구들인데도 다른 점만 찾아 놀리는 데만 집중하느라 공통점이나 장점을 찾아보려 하지 않았기 때문입니다. 이렇게 왕따를 당한 자기 경험을 바탕으로 작가는 사람 대하는 관점을 새롭게 제시합니다. 서로 다른 아이들이 만나서 위기를 극복해 나가는 모습을 통해 관계에 대해 말해 줍니다. 서로 개성이 다른 우주가 모여서 더욱 아름다운 우주가 만들어질 수 있다고 전하는 듯합니다.

★ **How to read**

① 버질에게 긍정적·부정적 메시지를 주는 사람을 분석해 보자

② 작품 속 '우주'의 개념에 대해 생각하며 읽어보자

③ 서로 다르다는 것은 무엇일까 생각하며 읽어보자

버질과 주변 인물이 등장합니다. 버질 입장에서 두 부류가 있습니다. 한쪽은 버질에게 긍정적 메시지를 주는 사람들입니다. 장점을 찾아서 용기를 내도록 해 줍니다. 다른 한쪽은 버질에게 부정적 메시지를 주는 사람들입니다. 약점만 찾아 놀리지요. 가족이라고 다 긍정적인 것이 아닙니다. 거북이라고 놀립니다. 골목대장 쳇은 찌질이라고 놀리며 괴롭힙니다. 이 작품의 결말은 해피엔딩이지만 모두가 버질처럼 현실을 극복하고 용기를 낼 수 있는 것은 아닙니다. 나는 누군가에게 어떤 존재가 되어야 할까요?

작품 속 우주의 개념에 대해 생각해 보며 읽기를 권합니다. 예전에 '맨인블랙'이라는 영화에 은하계를 구하기 위해 애를 쓰는 비밀 요원들의 모습이 나옵니다. 그런데 나중에 보니 은하계는 고양이 목걸이 펜던트 안에 들어 있습니다. 우리 한 사람 한 사람은 우주이고 그 자체로 소중하고 위대한 존재입니다. 때로 다른 우주와 소통하지 못하고 홀로 외로워하거나

암흑 속에 갇혀 남을 괴롭히는 고독한 우주도 있습니다. 하지만 서로 손을 내밀고 협력할 때 우주는 더 커지고 아름답게 변합니다. 모든 이들을 우주라고 바라보는 해석에 따라서 작품을 읽어보기를 바랍니다.

이 책의 인물들은 정말 다양합니다. 그래서 더욱 독특하기도 하고 그런 이유로 남들한테 놀림을 받기도 합니다. 그런데 남들과 다른 게 못나거나 틀린 것일까요? 아이들은 서로 다르므로 협력할 때 서로 역할을 나눠 맡을 수 있고 더 큰 힘을 발휘할 수 있었습니다. 다양성을 포용한다는 것의 의미를 생각하면서 읽어보기를 권합니다.

★Discussion · 생각하고 토론할 주제

- 주변에 남들과 다르게 독특하거나 괴짜인 친구나 선생님을 떠올려 봅시다. 왜 독특하다고 생각했는지 정리해 보고 남들이 그렇다고 해서 따라 생각한 것인지 아니면 실제로 독특한 점이 있는지 생각해 봅시다.

- 책에는 이런 말이 종종 나옵니다. "세상에 우연이란 없어!" 이 말이 무슨 의미일까요? 이 말에 동의하는지 아니면 동의하지 않는지 자기 생각을 정리해 봅시다.

- 우물 안에 갇힌 버질에게 마음속 메아리치는 음성이 말합니다. "사람은 살면서 수많은 질문을 하지만 '그게 무슨 소용이야?'라는 말은 절대로 하지 마. 세상에서 가장 나쁜 질문이니까." 다른 말로 하면 '그렇게 해서 뭐가 달라지겠어?', '용기를 낸다고 해결될까?' 같은 질문이겠지요. 그게 왜 나쁜 질문일까 생각해 봅시다.

BOOK 17

2022년 뉴베리 아너상 수상작
빨강, 하양 그리고 완전한 하나

라자니 라로카 | 밝은미래

《Red, White, and Whole》 | Rajani LaRocca | Quill Tree Books

Age 10-15

Reading Level ★★★☆☆

118편의 시를 엮어 하나의 소설로 펴낸
감동과 희망의 메시지

★Author Story · 작가 이야기

작가는 인도 방갈로르에서 태어나 어릴 때 미국으로 이민을 왔습니다. 그리고 어린 시절 대부분을 켄터키주 루이빌에서 보냈다고 합니다. 어린 시절부터 시리얼 상자, 만화책, 포춘쿠키 안 행운 글귀, 잡지 기사, 소설 등 글자라면 닥치는 대로 읽기를 좋아했고, 그런 경험이 자신의 정체성을 만드는 데 도움이 됐다고 합니다.

작가는 하버드 의과대학교를 졸업하고 매사추세츠 종합병원에서 내과의로 일했습니다. 2001년부터는 개인병원을 하면서 틈틈이 책을 쓰고 있습니다.

작가는 어려서부터 책을 좋아했고 책에서 영감을 얻어 의사가 되길 꿈꿉니다. 공상과학이나 판타지도 좋아하고 셰익스피어 작품도 열심히 읽었습니다.

아동문학에 관심을 가지고 작품을 쓰게 된 이유는 다양성이 풍부한 아동문학이야말로 독자의 공감을 얻을 수 있고 그렇게 조금 더 좋은 세상을 만들 수 있다고 믿기 때문입니다. 작가의 책에는 이민자, 독서광, 미식가인 작가의 모습이 담겨 있습니다. 이 작품이 작가의 대표작이며, 의학을 어린이에게 쉽게 설명하는 글도 종종 씁니다.

★ *Story Review* · 책 속으로

인도에서 미국으로 이민을 온 레하 가족 이야기입니다. 레하는 자신이 두 개의 삶을 산다고 느낍니다. 하나는 인도 사람으로 사는 것, 다른 하나는 인도 사람이 아닌 누군가로 사는 것입니다. 미국에 왔으니 새로운 문화에 적응해야 하지만, 집에 오면 부모님이 인도 스타일로 살기를 강요합니다.

레하는 두 문화 사이에서 갈등합니다. 문화적 차이 때문에 친구들 사이에서 곤란한 일도 있습니다. 파티에 초대받았는데 엄마는 인도 전통 드레스를 입고 가라고 합니다. 어린 소녀들이 입는 옷과는 너무도 다르기에 어색해질 게 분명한데도 말입니다.

그렇듯 혼란스러운 나날을 보내던 어느 날 레하는 열병을 앓게 됩니다. 호되게 아프고 난 다음, 뭔가를 깨달은 레하는 노래합니다.

"빨강, 하양 그리고 완전한 하나가

바로 우리의 동맥과 정맥

그리고 심장에 흐르는

소중한 생명의 강이지."

혈액의 여러 요소가 제대로 기능해야 건강할 수 있듯이, 다양한 친구와 만나 사귀고 인도와 여러 문화에 적응하면서 레하도 차츰 즐겁게 지내게 됩니다. 공부도 엄청 열심히 합니다.

그러던 중 레하 엄마가 백혈병에 걸립니다. 골수 이식을 위해 엄마와 조직이 맞는지 여러 명이 검사를 받습니다. 그런데 아무도 일치하는 사람이 없습니다. 남은 건 레하 하나뿐입니다. 레하는 용기를 내서 검사하지만 50퍼센트밖에 일치하지 않아 적합하지 않다고 판정받습니다. 엄마를 돕는 영웅이 되기를 꿈꿨던 레하는 마음이 아픕니다. 어느 정도 회복되어 퇴원했던 엄마는 곧 다시 나빠져서 다시 병원에 입원하게 되고, 결국 하늘나라로 떠나고 맙니다.

엄마를 잃은 슬픔으로 힘들어하던 레하는 가족과 친구들의 위로와 사랑으로 서서히 극복해 갑니다. 어느 날 엄마가 미리 써둔 편지를 읽으며 레하는 깨닫습니다. 그리고 노래합니다.

"엄마가 내게 주었던 엄마의 삶은

내 심장, 내 혈관

내 핏속에 있어."

레하는 혼란스럽게 느껴졌던 엄마의 말들, 즉 인도인으로 살아야 한다는 것이 강요가 아님을 깨달은 것입니다. 인도인인 엄마의 삶과 기억은 핏줄을 타고 레하의 몸에 흐릅니다. 그것을 거부하거나 불편할 필요가 없는 진실입니다. 빨강과 하양이 모여 완전한 하나가 되듯이, 인도인 혹은 미국인으로서의 정체성이 모일 때 비로소 완전한 하나가 될 수 있습니다.

★Reading Point · 단 하나의 색이라면 무지개가 아름다울 수 있을까?

사람들은 누구나 무지개를 보고 기분이 좋아집니다. 빨주노초파남보. 흔히 무지개색을 이렇게 일곱 색깔로 설명합니다. 그런데 재밌는 것은 문화권마다 무지개색 숫자가 다르다는 점입니다. 실제로 무지개는 일곱 색만이 아니라 엄청나게 많은 종류의 색깔로 구성되어 있기도 하고요.

만약 무지개가 하나의 색깔로만 되어 있다면 사람들이 지금처럼 무지개를 좋아할까요? 특히 비가 온 다음 신비롭게 피어나는 무지개를 이토록 기다릴 이유도 없을 것입니다.

무지개만큼이나 다양한 색깔의 사람들이 모여 사는 나라가 미국이 아닐까요. 아직도 많은 이들이 '아메리칸드림'을 꿈꾸며 미국으로 모여듭니다. 세계 최강국이 된 미국은 이민자들이 만든 나라이고 만들어 갈 나라입니다.

용광로처럼 많은 것이 녹아 있고 무지개처럼 다양한 색을 가진 미국은 여전히 많은 과제를 안고 있지만, 더욱 다양한 이들이 마음껏 일하고 상상의 나래를 펼 수 있도록 다양성을 존중하려 노력합니다.

작품은 자신이 두 개의 삶은 산다고 느끼던 인도 이민자 소녀가 마침내 두 개의 삶이 서로 다르지 않고 어우러질 수 있음을 깨달아 가는 과정을 다룹니다. 책 역시 118개의 시가 모여 하나의 소설이 되는 독특한 형식을 갖고 있습니다. 이런 형식을 '운문 소설(verse novel)'이라고 부른다고 해요.

작가는 무지개만큼이나 다양한 색깔을 담은 소설을 형식조차 아주 특별하게 만들어 더욱 크게 감동하게 해 줍니다. '다양성이 녹아들면 더욱 아름다운 것을 만들어 낼 수 있다.'라는 메시지인 셈이지요. 게다가 책에는 QR코드도 들어 있는데, 그걸 읽히면 휴대전화로 레하가 자란 1980년대 팝송을 들으면서 책을 읽을 수 있다고 합니다. 이것도 참 재밌는 발상입니다.

★How to read

① 작품의 제목이 의미하는 바를 생각하며 읽어보자

② 가족과 전통과 정체성을 잇는다는 것은 무엇일까?

③ 엄마의 죽음, 극복, 깨달음을 곱씹으며 읽어보자

제목의 의미를 이해하며 읽기를 권합니다. '빨강, 하양, 완전한 하나'는 피, 즉 혈액을 말합니다. 다른 말로 하면 '적혈구, 백혈구, 완전한 혈액'이라는 의미죠. 또한 우리 사회를 의미하기도 합니다. 서로 다른 것이 모여 완전한 하나가 될 때 비로소 사회는 제대로 움직입니다. 무작정 합쳐지는 것이 아니라 다양함이 제 역할을 하면서 하나로 모일 때 그렇게 됩니다. 즉 여러 문화와 배경의 사람들이 모여 어떻게 하나의 사회를 만들지에 대한 작가의 고민이 담긴 제목입니다.

작품의 큰 주제 중 하나는 전통과 정체성입니다. 레하는 인도 태생이지만 미국인이지요. 친구들도 전부 미국인입니다. 하지만 부모님은 레하에게 인도인이라는 전통과 정체성을 잊지 말라고 당부합니다. 왜 부모님은 전통과 정체성을 잇는 것이 중요하다고 말할까요? 교육 방식에 대해 생각하면서 읽어보기를 권합니다.

레하는 사랑하는 엄마의 죽음을 겪으며 성장하고 성숙하게 됩니다. 엄마의 죽음은 생각하기조차 싫습니다. 엄마를 살리고 싶지만, 도리가 없습니다. 골수 이식을 받지 못한 엄마는 돌아가시게 되고 레하는 깊은 슬픔에 빠집니다. 그러나 사랑하는 가족과 친구 덕에 극복할 수 있습니다. 이제 레하는 엄마가 두 개의 삶을 강요한 게 아니라는 것을 깨닫습니다. 자신 안에 이미 사랑이라는 이름의 엄마의 핏줄이 들어 있기 때문입니다. 엄마의 죽음, 극복, 깨달음의 과정을 곰곰이 생각하며 읽어보기를 권합니다.

★Discussion · 생각하고 토론할 주제

• 우리 모두 '다름'이 '틀림'이 아니라는 것을 잘 압니다. 하지만 '다름'을 묶어서 아름다운 무지개로 만드는 일이 쉽지만은 않습니다. 서로 다른 생각으로 충돌하는 친

구들의 의견을 하나로 묶어본 경험이 있다면, 어떻게 가능했는지 떠올려 봅시다.

- 부모님의 생각과 내 생각이 다를 수 있습니다. 이때 부모님은 그 생각을 어떻게 전달했나요? 나는 내 생각을 어떻게 전달했나요? 어떻게 했을 때 의견 차이를 좁힐 수 있었는지 생각해 봅시다.

- 종교가 다름, 민족이 다름, 경제적 이득이 다름… 등으로 세계는 전쟁합니다. 그런 이들에게 해 주고 싶은 말을 생각해서 써 봅시다.

◆ 4부 ◆

Newbery Medal
Theme 4

Eco-friendly Life
Style

생명과 환경
자연과 공존하는 지속 가능한 삶

뉴베리상은 아주 오래전부터 환경의 중요성을 강조하는 책에 상을 주었습니다.
생명, 자연, 환경이 없다면 인간 역시 생존할 수 없습니다.

첫째, 지구온난화와 탄소 배출 문제는 이제 무시할 수 없는 주제가 되었습니다.
뉴베리상 수상작은 무엇을 어떻게 실천할지 바탕이 되는 철학을 알려줍니다.

둘째, 뉴베리상 수상작 속 인간은 악당과도 같습니다. 그러나 이기적으로 행동한
대가를 반드시 치릅니다. 우리는 뉴베리상 수상작을 읽으면서 자연과 공존하는
것이 얼마나 중요한지 깨닫게 됩니다.

셋째, 앞으로의 시대는 인간만이 우월하다는 생각을 버리고 모든 생명을 돌볼 책
임을 깨달아야만 합니다. 인간만이 아닌 모든 생명체가 함께 살아갈 세상을 만들
어야 합니다. 그 주역이 될 독자들을 위해 뉴베리상 수상작은 여러 생각할 주제를
제시해 줍니다.

• BOOK 18 •

1923년 수상작
둘리틀 박사의 바다 여행

휴 로프팅 | 궁리출판

《The Voyages of Doctor Dolittle》| Hugh Lofting | Yearling

Age 9-13

Reading Level ★★★☆☆

제인 구달과 리처드 도킨스가
인생의 책으로 꼽은 명저

★Author Story · 작가 이야기

작가는 1886년 영국 버크셔주 메이든헤드에서 태어납니다. 어렸을 때부터 동물을 좋아하고 어울린 것이 이 작품을 쓰는 데 많은 영향을 미칩니다. 어린 시절은 영국에서 보내지만 16세가 되던 1904년 미국 MIT에 입학해 공부한 다음 다시 런던으로 돌아와 공과대학에서 공부합니다. 이후엔 캐나다, 서아프리카, 쿠바 등을 누비며 엔지니어로 일하는데, 이때의 경험 역시 작품에 많이 녹아 있습니다.

1912년 미국 뉴욕에 살면서 글쓰기가 즐겁다는 것을 처음 깨닫고 잡지 등에 단편을 기고하고 소설을 쓰게 됩니다. 제1차 세계 대전 때는 군 장교로 참여했는데 전투용 말과 개가 제대로 보호받지 못하는 것을 보면서 마음이 아팠다고 합니다. 자신도 상처를 입어 야전병원에서 치료받았는데, 그 시절 집에 있는 자녀들에게 동물의 말을 알아듣고 대화할 수 있는 둘리틀 박사 이야기를 써서 편지로 보냈다고 합니다. 그 이야기를 묶어 출판한 것이 바로 이 작품입니다. 둘리틀 박사 시리즈는 큰 인기를 끌면서 총 12권의 시리즈로 출간되었습니다.

★**StoryReview**·책 속으로

소년 토미 스터빈스는 집이 너무 가난해서 학교도 제대로 다니지 못합니다. 그러던 중 박물학자(식물과 동물을 과학적으로 연구하는 사람) 둘리틀 박사에 대한 소문을 듣고 만나기를 간절히 원하고, 결국 소원을 이룹니다. 실제로 만난 둘리틀 박사는 상상했던 것과는 전혀 다른 사람이었습니다. 덩치가 크고 근육질의 몸일 것으로 생각했지만 오동통하고 부드러운 인상이었기 때문입니다.

처음에는 당황했지만 이내 동물들과 이야기를 나누는 박사의 특별한 모습에 반하게 됩니다. 토미는 자신도 박물학자가 되기로 다짐합니다. 박사에게 부탁해 동물의 말을 알아듣는 훈련을 시작합니다. 노력을 인정받아 박사의 조수로 일하게 되고 두 사람은 거미원숭이 섬을 찾아 여행길에 오릅니다.

우여곡절 끝에 출발한 여행은 순탄하지만은 않았습니다. 스페인에서 투우로 죽어가는 소들을 구하기 위해 반대운동을 하다 쫓겨나기도 하고, 거대한 폭풍을 만나 배가 난파되기도 합니다. 하지만 결국 행운이 뒤따르는 둘리틀 박사답게 목적지인 거미원숭이 섬에 도착합니다. 도착하자마자 사고로 굴속에 갇힌 원주민을 구해 주고 부족 간의 전쟁을 말리면서 둘리틀 박사는 졸지에 거미원숭이 섬의 왕으로 추대됩니다.

박물학자로서 살기 위해 왕이 되는 걸 거절하지만, 주민들의 간곡한 부탁으로 어쩔 수 없이 왕이 되고 그 역할을 잘 해냅니다. 하지만 함께 온 동물들과 토미 일행은 다시 영국으로 돌아가기를 바랐지요. 박사도 계속 왕노릇을 하고 싶지는 않았고요. 결국 주민들이 한눈을 파는 사이 모두가 도망치게 되고 결국 무사히 고향에 도착합니다.

★**Reading Point** · 세계 대전 속에서 잃어버린 이해와 사랑의 가치

이 작품은 1923년 2회 뉴베리상 메달 수상작입니다. 공학을 공부하고 엔지니어로 일한 작가는 제1차 세계 대전에 참전해 직접 그 참혹함을 경험합니다. 다쳐서 병원에 입원까지 했으니, 누구보다도 전쟁의 무서움과 덧없음을 깨닫지 않았을까요?

작가는 평화로운 세상을 꿈꿉니다. 평화를 깨고 전쟁이 벌어지는 이유를 곰곰이 생각했죠. 인간의 이기심, 서로 말이 통하지 않는 이해 부족이

원인이라고 생각한 듯합니다. 또한 전쟁의 와중에서 인간만큼 고통받고 죽어가는 동물과 환경에까지 관심을 가집니다. 전쟁해서 이득을 보는 쪽은 누구일까요? 탐욕스러운 한 줌의 권력자들입니다. 대다수 군인과 약한 여성과 어린이나 동물은 죄 없이 죽고, 환경은 전쟁으로 인해 무자비하게 파괴됩니다.

작가는 작품에서 폭력에 찌든 인간의 다양한 모습을 보여줍니다. 상상 속 섬나라 주민들은 틈만 나면 서로 싸우려 합니다. 그곳에 가기까지 거치는 나라에서도 평화와 협동보다는 폭력과 미움을 많이 만납니다. 그런데 동물들은 어떤가요? 동물은 이유 없이 서로 싸우지 않고 함께 살아갑니다. 인간 못지않게 지혜로우며 친근합니다.

둘리틀 박사는 서로 다른 여러 인종, 사람과 동물 사이를 연결하는 사람입니다. 동물의 말을 알아들을 수 있을 만큼 다른 존재를 이해하기 위해 노력했기 때문에, 섬나라 주민들의 싸움을 말릴 수 있었고 왕이 되어서 평화롭게 다스릴 수 있었습니다.

작품에는 이런 말이 나옵니다. "동물의 말을 할 수 없는 사람은 동물을 진짜로 이해할 수 없어서 진정한 수의사가 될 수 없다." 당시 세계를 비판한 문장이라고 생각합니다.

서로 이해하지 못하고 독단적으로 자기주장만 하는 사람이 진정한 인간이라 할 수 있을까요? 그러니 어리석게 전쟁에 빠질 수밖에 없는 것이라고 작가는 비판하는 게 아닐까요. 둘리틀 박사야말로 당시 세계를 안타까워한 작가의 바람이 담긴 인물이라고 생각합니다.

① 작가는 왜 동물의 말을 알아듣는 주인공을 등장시켰을까?

② 세상의 주인공은 누구일까, 생각하면서 읽어보자

③ 이해와 사랑이 부족한 세상의 해결책을 생각하며 읽어보자

에디 머피가 나온 영화 '닥터 둘리틀'은 이 작품에서 모티프를 따온 작품입니다. 영화에서 둘리틀은 동물병원 수의사지요. 우연히 동물의 말을 알아듣는 능력을 갖추게 되면서 펼쳐지는 이야기입니다. 동물의 언어를 알아듣는다니 얼마나 대단한 능력인가요? 인간은 하나의 종이지만 동물은 그 종류가 훨씬 많으니 더 많은 세계를 이해하고 파악하는 능력을 갖춘 셈입니다. 작가는 왜 동물의 말을 이해하는 주인공을 등장시켰을까요? 생각하면서 읽어보기를 권합니다.

인간 눈에 세상의 주인공은 인간입니다. 그러다 보니 모든 생각과 행동의 중심에 인간이 있습니다. 이 작품은 인간 중심의 좁은 사고에서 벗어나라고 당부합니다. 작품에서 모든 문제의 시작과 원인은 인간입니다. 부족 간의 전쟁, 동물을 학살하는 투우, 살생과 속임수 같은 일은 인간 세계에만 있지요. 그리고 문제 해결의 시작은 소통입니다. 동물의 언어를 이해하는 둘리틀 박사는 문제 해결의 다리 역할을 합니다.

친환경, 생태주의, 지속 가능한 발전 같은 주제가 나올 때마다 사고의 전환이 필요하다고 말합니다. 이 작품은 아주 오래전에 쓰였지만, 당시 중요하게 생각하지 않던 개념을 많이 등장시킵니다. 이해와 사랑의 부족

과 이기심이 만들어 낸 오늘날, 생명과 세상의 문제를 해결하는 데 필요한 개념도 여럿 나옵니다. 그것이 무엇인지 생각하면서 읽어본다면 더욱 좋겠습니다.

★Discussion · 생각하고 토론할 주제

• 만약 여러분이 지금 동물의 말을 알아듣고 이해할 수 있다면, 가장 먼저 하고 싶은 일이 무엇인지 생각해 보고 그 이유가 무엇인지 이야기 봅시다.

• 동물의 말을 이해할 수 있는 능력이 생긴다면 어떻게 세상에 이로운 일을 할 수 있을지 생각해 봅시다.

• 종종 우리는 말합니다. "에잇, 말이 안 통해!" 그런 상황에 좋은 해결 방법은 무엇일지 생각해 봅시다.

BOOK 19

1952년 수상작
진저 파이

엘레노어 에스테스 | 대교출판

《 *Ginger Pye* 》| *Eleanor Estes* | *Clarion Books*

Age 9-11

Reading Level ★★☆☆☆

가족처럼 아끼던 강아지가 납치되면서
시작되는 남매의 추리극

★ *Author Story* · 작가 이야기

작가는 1906년 철도 회계사 아버지와 재봉사이자 이야기꾼 어머니의 셋째 딸로 미국 코네티컷주 웨스트헤이븐에서 태어납니다. 아버지가 일찍 돌아가시는 바람에 어머니 혼자 가족을 부양해야 했다고 합니다. 독서를 좋아하고 아동문학에 관심을 둔 것은 부모 모두 책을 좋아하셨고 어머니가 저녁마다 노래를 불러준 덕이라고 작가는 말합니다.

작가는 고등학교 졸업 후 뉴헤이븐 도서관의 어린이책 사서가 됩니다. 그러던 중 1941년《모팻가족(The Moffats)》을 출간하면서 작가가 되었고 이후 20여 편의 작품을 씁니다. 작품은 대체로 작가가 살았던 코네티컷주 작은 마을을 배경으로 작가의 경험을 바탕으로 하고 있습니다. 많이 알려진 작품으로《내겐 드레스 백 벌이 있어(The Hundred Dresses)》가 있는데, 가난해서 친구가 입던 옷을 물려받은 경험과 놀림 받는 친구 편을 들어주지 못한 죄책감 등을 담아냈습니다. 작가의 삶이 직접 녹아든 작품들은 많은 사랑을 받고 여러 상을 받기도 했는데, 첫 작품《모팻가족》으로 루이스 캐럴 상을 받았고, 연이은 작품과《내겐 드레스 백 벌이 있어》로 세 차례나 뉴베리 아너상을 받았습니다. 그리고 1952년에 이 작품으로 뉴베리상 메달을 받았습니다.

★ Story Review · 책 속으로

제리와 레이첼은 남매입니다. 조류 박사 아빠, 그리고 열일곱이라는 어린 나이에 나이 차이가 나는 아빠와 결혼한 엄마가 있습니다. 외할머니도 젊어서 외삼촌 베니는 이제 겨우 세 살입니다. 집에는 동물이 늙은 고양이 한 마리뿐이라, 남매는 강아지를 키우고 싶습니다.

이웃 아주머니의 강아지를 분양받고 싶었지만 무려 1달러나 했습니다. 당시 물가를 생각하면 큰 금액입니다. 그런데 돈을 구할 방법이 없습니다. 결국 교회 오빠에게 부탁해 교회 청소를 하고 1달러를 받습니다. 그렇게 해서 강아지를 데려오게 되고 남매는 '진저'라고 이름을 붙이고 잘 돌봅니다.

어느 날 남매가 학교에 간 뒤 혼자 남은 진저는 제리 냄새를 따라 학교까지 찾아옵니다. 이 일은 지역신문에 실릴 만큼 유명해지지요. 진저는 똑똑하고 영리한 강아지로 마을에 이름을 떨칩니다. 그래서일까요? 진저를 노리는 악당이 있습니다. 덩치 큰 윌리는 추수감사절을 앞두고 몰래 진저를 훔쳐 갔고, 남매뿐 아니라 마을 사람이 진저를 찾아 나섭니다.

하지만 끝내 진저를 찾을 수 없었죠. 모두 포기하지만, 남매는 계속 진저를 찾습니다. 경찰에 신고도 하고, 뭐든 잘 찾는 터틀 아저씨에게도 부탁합니다. 하지만 도무지 진저의 행방을 알 수 없습니다. 도중에 만난 윌리가 훼방을 놓는 바람에 힌트 찾기가 더 어려웠습니다. 설마 윌리가 훔쳤을 거라고는 상상도 못 했죠.

다만 단서는 하나 있습니다. 낡은 노란색 중절모입니다. 남매는 그 안에 빨간 크레용으로 표식을 했지만, 가을이 지나고 겨울도 지나고 제리 생일이 돌아올 때까지 진저 소식은 없습니다. 그러다 특급열차를 타고 뉴욕으로 향하던 윌리가 쓴 모자가 바람에 날려 우연히 남매 앞에 떨어집니다. 표식을 보니 분명 찾던 모자입니다. 급하게 경찰에 연락해 열차를 뒤지지만, 진저는 보이지 않습니다.

그러나 진저는 우연한 기회에 돌아옵니다. 갇혀 있던 곳에서 간신히 도망친 진저는 외삼촌 베기를 만나는데, 베기는 어렸지만 한눈에 그 더러운 들개가 진저라는 걸 알아봅니다. 꼬맹이 강아지였던 진저는 이제 몰라보게 커져 버렸습니다. 그래서 외할머니는 못 알아봤지만 외삼촌 베기는 기가 막히게 알아본 것입니다. 온갖 고생의 흔적이 얼굴 가득 남아 있는 진저를 보고 남매는 안타까움에 눈물을 흘리고, 진저는 다시 가족과 함께 살게 되었습니다.

★**Reading Point** · 희망을 포기하지 않기를 바라는 작가의 마음

1952년 뉴베리 수상작인 이 작품의 배경은 1940년대입니다. 무엇보다 '희망'이라는 가치가 절실했던 시기입니다. 세계는 두 번째 커다란 전쟁을 치렀고 미국도 처음으로 일본한테 진주만 공격을 받아 전쟁에 참여합니다. 전쟁은 끝났지만 세계 곳곳이 파괴되었고 새로 건설해야만 했습니다. 이렇듯 황폐한 세상에 필요한 것이 바로 '희망'이었던 것입니다.

시대적 분위기를 이해하고 작품을 읽으면, 강아지 진저를 찾고자 애쓰는 게 이해됩니다. 진저를 찾는 마을 사람들의 바람은 잃어버린 평화와 일상을 다시 찾고자 하는 인류의 희망에 비유할 수 있습니다. 전쟁으로 모든 걸 잃었지만, 굴하지 않고 다시 일어서려는 용기와 포기하지 않는 마음가짐으로 해석할 수 있습니다.

강아지 진저를 찾는 게 왜 이리 어려울까요? 마을 사람이 모두 나서 도움을 줬지만 찾지 못합니다. 시간도 많이 흘러 어른들은 진저가 죽었을 거로 생각합니다. 하지만 진저를 정말 사랑한 남매와 꼬맹이 외삼촌 베기는 포기하지 않죠. 인내와 끈기 덕에 진저를 찾을 수 있었습니다. 진저도 자신을 사랑하는 남매의 마음을 알기에 집으로 돌아가려 갖은 노력을 했

던 게 아닐까요? 모든 걸 잃었고 도저히 다시 일어설 수 없을 것 같은 절
망의 시대에 사람들은 용기를 냈고 포기하지 않았습니다.

★ **How to read**

① 진저를 찾아가는 추리에 참여하며 읽어보자

② 제목이 의미하는 바를 생각하며 읽어보자

③ 희망과 꿈을 위해 포기하지 않는 마음을 떠올리며 읽어보자

작품은 남매가 소중히 여기는 강아지 진저를 찾는 과정을 담은 추리 소설
입니다. 추리하면서 범인이 누군지 생각해 보고 범인을 암시하는 단서와
실마리가 책 속 어디에 나오는지 찾아보면서 읽으면, 아주 흥미진진한 독
서가 될 것입니다.

  작품 속 남매네 성은 '파이'입니다. 그래서 강아지 이름도 '진저 파이'
가 되었죠. 그런데 파이에는 또 다른 의미가 있습니다. 영어로 '파이 도
그' 하면 들개라는 의미가 됩니다. 책의 마지막에 거의 엉망이 되어 돌아
온 진저는 외할머니 눈에는 그저 들개 한 마리로 보였습니다. 하지만 외
삼촌 베니는 그 안에 있는 진짜 진저를 알아봅니다. 진저를 데려오기 위
해 남매는 어렵사리 1달러라는 큰돈을 만듭니다. 진저를 잃어버리고 남
매가 낙심하자 새 강아지를 사 주겠다던 마을 사람도 있었습니다. 하지
만 남매는 진저가 아니면 안 됩니다. 진저가 똑똑해서일까요? 진저 파이
가 갖는 의미에 대해 생각해 보며 책을 읽어보는 것도 중요한 포인트가

될 것입니다.

희망이나 포기하지 않는 마음에 대해 생각해 보며 읽기를 권합니다. 우리는 때로 쉽게 포기합니다. 공부, 게임, 배우기… 등 처음에는 신나게 시작하다가 어려워지면 포기하게 되지요. 그런데 포기하지 않게 만드는 힘은 어디서 나올까요? 희망이나 꿈입니다. 지금 이 힘겨움을 견디고 열심히 해서 얻을 결과를 떠올리며 힘을 낼 수 있습니다.

★Discussion · 생각하고 토론할 주제

- 제리와 레이첼은 진저 파이를 정말 사랑합니다. 동물이지만 '최애' 친구입니다. 지금 여러분의 '최애' 물건이나 친구, 동물을 떠올리고 이유를 말해 봅시다.

- 진저가 사라지고 나서 한참 시간이 흐르지만, 제리, 레이첼, 외삼촌 베니는 끝까지 포기하지 않습니다. 모두 포기했는데 그들은 왜 포기하지 않았을까요? 혹여 비슷한 경험이 있다면 이야기해 봅시다.

- 정말 이루고 싶은 목표가 있어 열심히 노력했지만 달성하지 못했던 경험이 있다면, 그때의 심정을 생각해 보고 이후에 어떻게 했는지 이야기해 봅시다.

BOOK 20

1955년 수상작
지붕 위의 수레바퀴

마인데르트 드용 | 비룡소

《*The Wheel on the School*》 | *Meindert DeJong* | *HarperCollins*

Age 9-13

Reading Level ★★★☆☆

간절한 바람에서 행동으로,
기적을 만든 마을 사람들

★*Author Story* · 작가이야기

작가는 1906년 네덜란드에서 태어나 1914년 미국 미시간주 그랜드래피즈로 이민을 갑니다. 이후론 줄곧 미국에서 삽니다. 캘빈 칼리지를 거쳐 시카고 대학교에서 공부하지만, 졸업은 하지 않고 중퇴합니다. 미국 대공황 때 여러 직업을 거치다가 농부가 되어 농사를 지으면서 지역도서관 사서의 제안으로 동화책을 쓰기 시작했다고 합니다. 1938년에《커다란 거위와 작고 하얀 오리(the big goose and the little white duck)》를 발표하면서 작가가 되었습니다. 제2차 세계 대전이 터지자 육군 항공대에 입대해서 중국으로 파견되었고, 전쟁 후에 다시 글쓰기를 하면서 몇 년 동안 멕시코에 살기도 합니다. 이런 다양한 경험은 작가의 작품 세계를 넓혀주었고, 특히 자연과 가까이 지내면서 어린이같이 순수한 감성을 품을 수 있었던 것 같습니다.

작가는 특히 어린 시절을 보낸 네덜란드 문화를 담은 여러 작품을 썼는데 어린이의 순수한 동심을 잘 표현했다는 평가와 함께 큰 사랑을 받습니다. 이 작품으로 뉴베리 메달을 받은 이후로도 총 네 번 뉴베리 아너상을 받기도 하고 안데르센상도 받는 등 미국 아동문학사에 큰 자취를 남긴 작가로 기록됩니다.

★ Story Review · 책 속으로

작은 어촌 마을 쇼라가 있습니다. 옛날에 이 마을은 황새들이 둥지를 틀 정도로 풍요로웠습니다. 그런데 언젠가부터 황새들이 쇼라를 찾아오지 않습니다. 이웃 마을만 해도 황새가 둥지를 틀고 한 철을 보내고 가는데 말이죠.

학생들은 수업 시간에 황새가 오지 않는 이유를 생각했습니다. 결론은 나무가 없는 것, 그리고 쇼라의 집 지붕이 뾰족해서 황새들이 둥지를 틀 수 없다는 것이었습니다. 나무는 자라기까지 오래 걸리니까 당장 해결할 수 없었습니다. 그러니 당장 할 수 있는 것은 황새가 둥지를 틀 수 있도록 뾰족한 지붕 위에 수레를 올려 평평하게 만드는 것입니다.

학생들은 저마다의 수단을 동원해 수레를 찾습니다. 실제 농부가 쓰던 수레를 끌고 오다가 도둑으로 오해받기도 하고, 애써 찾은 수레를 혼자 가져오다가 망가트리기도 합니다. 심지어 수레를 구하다가 밀물에 갇혀서 위험해지기도 하죠.

하지만 열정 어린 학생들의 노력으로 수레를 구하고, 마을 어른들의 도움으로 학교 지붕에 수레를 올릴 수 있게 됩니다. 수레를 올린 날 마을 잔치를 할 정도로 모두 기뻐합니다.

하지만 마을 사람의 간절한 바람과 노력에도 황새들은 이동 중에 거대한 폭풍을 만나 죽거나 다쳐서 쇼라까지는 도착하질 못합니다. 수레가 무용지물이 될 상황입니다. 하지만 이대로 포기할 쇼라 사람들이 아닙니다. 이제 학생뿐 아니라 마을 전체가 황새를 간절히 기다리게 되었고, 그들의 정성에 하늘이 응답하듯 우연히 해변 모래밭에서 황새를 구조합니다. 마침내 정성스럽게 올린 수레를 황새의 둥지로 사용할 수 있게 됩니다. 다시 쇼라 마을에는 황새가 찾아오게 되지요.

간절히 바라는 것이 있다면 쇼라 마을 아이들처럼 끊임없이 간절히 바라고, 바라는 데서 그치지 않고 이루기 위해서 행동해야 합니다. 모든 바람이 실현되지 않을 수는 있지만 많은 것을 이룰 수 있습니다.

★**Reading Point** · 좀처럼 오지 않는 평화를 간절히 염원하다

1950년대 중반은 전 세계적으로 무너진 것을 다시 세우는 시대였습니다. 전쟁으로 파괴된 세상은 잔해로 뒤덮였지만, 사람들은 다시 일어서기 위해서 노력합니다. 여전히 크고 작은 전쟁이 끊이지 않습니다. 커다란 전쟁은 끝났지만, 냉전(cold war)이라고 해서 미국과 소련을 중심으로 세계가 두 편으로 나뉘어 계속 대립합니다. 어느 때보다 협력이 필요하지만 서로 질시하고 경쟁하고 테러하는 등 계속 부딪쳤습니다. 당시 분위기로는 곧 제3차 세계 대전이 일어난다고 보는 이들도 많았습니다. 실제로 1950년 한국전쟁으로 많은 이들이 죽고 다쳤고요.

작가는 대공황이라는 엄청난 어려움을 겪고 제2차 세계 대전에도 참전합니다. 자연을 사랑하고 어린아이 같은 감성을 가졌던 작가가 얼마나 힘겨웠을지 짐작이 갑니다. 누구보다 평화를 바란 작가는 이 작품에 그런 염원을 담아냅니다.

쇼라는 황새가 떠난 마을입니다. 아이들은 황새가 오지 않는 이유를 찾습니다. 뾰족해진 지붕, 즉 날카롭고 이기적으로 변한 마음에 평온이 찾아오기 힘듭니다. 그들은 황새를 다시 맞이하기 위해서 지붕 위에 수레를 올립니다. 평화를 간절히 염원하는 마음입니다. 평화가 오지 않는 것은 냉전, 미움, 적대적 경쟁 같은 것 때문입니다. 문제를 해결하려면 협력해야 합니다. 현실은 여전히 힘들지만 동화 속에서나마 결말은 해피엔딩입니다.

① 혼자가 아니라 협력에서 나오는 힘을 생각해 보자

② 역지사지의 마음을 떠올리며 읽어보자

③ 간절한 바람은 실천을 통해서만 이루어진다!

수레를 찾기 위해 학생들은 협력합니다. 처음엔 다섯 학생이 각자의 방법으로 수레를 찾습니다. 괜찮은 수레를 찾아도 혼자서는 가져올 수 없습니다. 결국 모든 학생이 협력하자 수레를 구할 수 있게 됩니다. 우리는 각자 원하는 게 있습니다. 장난감, 책, 콘서트 티켓… 이런 소망은 부모님이나 친구의 도움을 받아 이룰 수 있을 것입니다. 조금 폭을 넓혀 보면 어떨까요? 우리 가족이 바라는 것, 우리 학교에서 가장 필요한 것 등은 개인의 힘만으로는 얻을 수 없다는 걸 알게 될 것입니다.

학생들은 수레를 찾는 과정에서 낯선 어른들을 만납니다. 처음에는 어색하고 무섭기까지 합니다. 하지만 자기들이 하려는 일을 말하고 솔직히 도움을 청하자, 어른들도 귀 기울여 이야기를 들어주고 도움을 줍니다. 시블 할머니는 황새를 간절히 바라는 리사에게 이렇게 말합니다. "우리도 황새처럼 생각해 봐야 할 것 같구나." 누군가를 판단하기 전에 그 사람 입장이 되어본다면, 편견에 휩싸여 잘못 판단하는 일을 줄일 수 있을 것입니다.

간절히 바라는 것을 실현하려면 노력과 행동이 필요합니다. 우선, 아무 생각이 없다면 간절함은 생겨나지 않을 것입니다. 뭔가를 바라더라도 이루기 위해 행동하지 않으면 현실에서 이뤄질 가능성은 없습니다. 동화 속 아이들은 황새 둥지를 만드는 과정에서 실패도 하고 장애물도 만나지만 포기하지 않습니다. 그 결과 쇼라 마을에도 다시 황새들이 찾아오게 됩니다.

★Discussion · 생각하고 토론할 주제

• 황새를 향한 간절한 마음을 '평화'로 바꿔 생각해 봤습니다. 각자 어떤 단어로 바꾸고 싶은지 생각해 봅시다. 그 단어를 현실 속에서 실현하려면 어떤 노력이 필요한지도 생각해 봅시다.

• 수레를 찾는 다섯 학생 이야기가 나옵니다. 나는 어떤 학생의 유형과 가까운지 생각해 보고, 수레를 얻기 위해서 어떤 부분이 부족했는지 생각해 봅시다.

• 간절한 소망을 이루려면 반드시 노력이 필요합니다. 간절한 소망을 떠올리고 소망을 이룰 방법과 계획을 세워봅시다. 혼자서 할 수 없다면, 친구, 부모님, 선생님의 도움을 구하는 방법도 생각해 봅시다.

• BOOK 21 •

1972년 수상작
니임의 비밀

로버트 C. 오브라이언 | 보물창고

《*Mrs. Frisby and the Rats of NIMH*》 | *Robert C. O'Brien* | *Aladdin*

Age 10-13

Reading Level ★★☆☆☆

실험실에서 탈출한 쥐들이
그들만의 문명 세계를 만들어 간다!

★**Author Story** · 작가 이야기

작가의 본명은 로버트 레슬리 캐롤 콘리(Robert Leslie Carroll Conly)이며 1918년 뉴욕 브루클린에서 태어납니다. 필명인 로버트 C. 오브라이언 (Robert C. O'Brien)으로 더 많이 알려졌지요. 부유한 가톨릭 집안에서 태어나 어려서부터 음악과 문학에 관심이 많았습니다. 1935년 윌리엄 컬리지에 입학하지만 2년 만에 중퇴하고 줄리아드 음대도 잠시 다닙니다. 우여곡절 끝에 1940년 영문학 전공으로 로체스터 대학교를 졸업합니다.

졸업 후 광고 대행사에서도 일하고 〈뉴스위크〉 기자로도 활동합니다. 세계 대전 때는 건강 문제 때문에 징병에서 제외되었지만, 대신 신문사에서 일하며 전국을 누비며 취재하고 글을 씁니다. 경력이 쌓이면서 1951년부터 〈내셔널 지오그래픽〉 편집자이자 작가로 일하며 전 세계를 두루 다니며 취재합니다.

작가가 동화를 쓰게 된 것은 건강 문제 때문이었습니다. 녹내장 때문에 운전을 할 수 없게 되어 사무실 근처로 이사하면서 남는 시간에 동화를 쓴 것입니다. 1968년에 첫 동화《은 왕관(The Silver Crown)》을 냈고, 이어서 1971년에 이 작품을 발표합니다. 그리고 이듬해인 1972년 뉴베리 메달을 받지요. 동화만이 아니라 성인 소설도 썼는데,《그룹 17로부터의 보고서(A Report from Group 17)》와《자카리아의 제트(Z for Zachariah)》등이 있습니다. 작가가 1973년에 사망하고 난 뒤 딸이 이 책의 후속편 두 권을 쓰기도 했습니다.

★ *Story Review* · 책 속으로

제목만 보면 '니임'이 누군가의 이름인 것 같지만, 미국 국립 정신건강연구소(National Institute of Hospitality Management)의 앞 글자를 딴 NIHM을 가리키는 말입니다. 이 연구소는 실제로 있는 곳입니다. 전체적인 내용은 이곳에서 실험용으로 이용된 쥐들이 탈출해 자신들만의 문명을 개척한다는 이야기입니다.

남편 쥐 조나단이 왜 죽었는지 알 수 없던 프리스비 부인은 네 명의 아이 쥐들을 행복하고 건강하게 키웁니다. 그러던 어느 날 막내 티모가 폐렴에 걸리고 그대로 두면 죽을 수밖에 없게 됩니다. 모성애가 강한 프리스비 부인은 온갖 위협을 무릅쓰고 티모를 살릴 방법을 찾습니다. 쥐를 잡아먹는 올빼미를 만나기도 하고 프리스비 부인의 종족인 들쥐와는 어울릴 것 같지 않은 시궁쥐 은신처에 찾아가기도 합니다.

우여곡절 끝에 시궁쥐 대장 니코데무스를 만나면서, 남편 조나단이 이미 시궁쥐와 인연을 맺었다는 걸 듣게 됩니다. 그들 모두 인간에게 잡혀 실험용으로 사용되면서 지능이 높아지고 늙지 않게 되었다는 것입니다. 니임에서는 평범한 인간을 넘어서는 초인간을 만드는 실험을 하고 있었고, 거기 사용된 쥐들이 초능력을 얻게 된 것이죠.

지능이 높아진 쥐는 자유를 위해서 탈출했고 자신만의 문명을 만들려 준비 중이었습니다. 본래 '도둑질하지 않는다.'라는 원칙이 있지만, 문명을 건설하기 위해서는 어쩔 수 없이 인간의 물건을 훔쳐야 했습니다. 문명을 만들기 위해서는 다시 잡히지 않고 자신들만의 터전을 만들어야 했으니까요. 쥐들은 이제 전기도 생산하고 수도도 쓸 수 있습니다. 이주 계획은 순조롭게 진행되는 듯했지만, 니임에서 대대적으로 시궁쥐를 잡아들이기 시작했고 애써 만든 은신처를 농장주가 불도저로 무너뜨리려 합니다.

계획보다 더 빨리 이주해야 하는 상황에서 쥐들은 헌신이라는 고귀한 가치를 실천합니다. 나머지 쥐가 안전하게 이주하기 위해 몇 마리 쥐가 희생하기로 결심했습니다. 다행히 이주 무리에 프리스비 부인과 아이들도 합류할 수 있었고, 이들은 안전하고 따뜻한 보금자리를 찾게 됩니다. 물론, 티모의 병도 나았고요.

★**Reading Point** · 실험실에서 죽어가는 쥐들의 자유를 상상하다

뉴베리상 수상작은 시대 상황을 반영합니다. 작가의 출신이나 나이, 경험 등이 자연스레 녹아들게 되니까요. 작가는 세계 대전을 거쳤습니다. 몸이 좋지 않아 징병에는 제외됐지만, 저널리스트로서 수많은 사건과 사고를 접하고 글로 썼습니다. 20년 동안 몸담은 〈내셔널 지오그래픽〉은 지리, 자연, 과학, 문화, 역사 등 교양 정보를 다루는 곳입니다. 그곳에서 일하지 않았다면 이 작품을 쓸 수 있었을까요? 아마도 그곳에서 진정한 세계의 나아갈 길에 대해 고민했을 것입니다.

작가의 젊은 시절, 세계는 위험한 곳이었습니다. 인간이 전쟁을 일으키고 과학 발전을 위해 동물 실험도 무자비하게 하던 시대입니다. 특히 작고 흔하던 쥐 따위는 실험실에서 쓰다가 죽어도 눈 하나 깜짝할 일이 아니었겠죠.

처지를 바꿔 생각하면 어떨까요? 아무리 사람들이 싫어하고 징그러워하는 동물이지만, 마구 잡혀서 이런저런 실험을 당하고 비명도 지르지 못한 채 죽어야 한다면? 그 안에는 작품의 주인공처럼 엄마도 있고 아이들도 있을 것입니다. 작가의 여린 감수성으로는 그런 상황을 견디기 어려웠을지 모릅니다. 그래서 쥐들에게 초능력을 주고, 더 이상 잡히지 않고 실험에 쓰이지도 않고 가족 모두 평화롭게 사는 모습을 그리고 싶었던 것인지도 모르겠습니다.

사람들은 현실의 쥐를 싫어하고 징그러워하지만, 동화나 만화 세계에서는 쥐가 친근하고 재치 있고 영리하며 순발력 있는 캐릭터로 그려지기도 합니다. 만화 '톰과 제리'에서 늘 고양이를 괴롭히는 제리처럼 말이지요. 20세기 대중문화 역사의 대표 주자라고 할 만한 디즈니의 미키마우스 역시 빼놓을 수 없습니다. 1928년 세계 최초의 음성 애니메이션인 '증기선 윌리'에서 처음 등장한 미키마우스는 지금까지도 큰 사랑을 받고 있습니다.

★How to read

① 쥐의 처지에 감정이입 하면서 읽어보자
② 인간 문명 외에 다른 문명을 떠올리며 읽어보자
③ 다른 생명과의 공존에 대해 생각하며 읽어보자

당연하지만 이 작품은 내가 쥐가 됐다는 심정으로 읽어야 합니다. 그러려면 먼저 쥐에 대한 편견을 버려야 합니다. 작품 속 쥐들은 글자를 읽을 수 있게 되면서, 사람들이 자신들을 얼마나 싫어하는지 파악합니다. 그래서 사람들에게 해를 끼치지 않기 위해 노력합니다. 쥐의 관점에서 보면 인간이 그들의 터전을 침략한 나쁜 존재입니다. 그런데도 쥐만 보면 놀라고 욕을 하고 쫓거나 죽이려 합니다. 흑사병 같은 전염병을 겪으면서 쥐에 대해 점점 더 나쁘게 생각하게 된 것이죠. 잠시나마 쥐의 처지에 감정이입 하면서 책을 읽으면, 그동안 부정적으로 보고 혐오했던 동물에 대해 다시 생각하는 기회가 될 것입니다.

문명(civilization)이란 무엇인가요? 여러 사람이 무리를 지어 살면서 자신들만의 문화와 체제를 만들어 가는 것을 말합니다. 그런데 인간에게만 문명이 있다고 생각하면 오만이 아닐까요? 베르나르 베르베르(Bernard Werber)의 《개미》를 읽어보면 그들의 문명이 얼마나 대단한지 알 수 있습니다. 인간보다 더 오래, 더 많은 개체가 엄청난 사회를 이루며 살아가는 것을 알면 참으로 놀라게 됩니다. 벌, 파충류, 쥐 역시 그들만의 세상이 있습니다. 인간이 지구를 지배한다고 생각하기 쉽지만, 다른 생명체들도 엄연히 존재한다는 것을 생각하면서 읽어보기를 권합니다.

공존에 대해 생각하며 읽어보기를 바랍니다. 작품에서 시궁쥐는 공존을 위해 안전한 곳으로 이주하려 합니다. 인간이 쥐를 해롭다고 여기는 한 인간과 함께 살 수 없으니까요. 똑똑한 시궁쥐들은 자신들만의 문명을 만들기 위해 떠나기로 합니다. 시궁쥐가 인간보다 더 크고 힘이 셌다면, 인간을 점령하려 했을지도 모릅니다. 영화 '혹성 탈출'에서는 원숭이들이 인간을 노예로 부립니다. 그런데 서로 없애거나 미워하거나 지배하려 하지 않고 함께 살기 위해 노력한다면 어떨까요?

- 사람들과 지능이 높은 동물의 관계에 대해 생각해 봅시다. 지능이 높을수록 인간과 친하게 지내나요? 지능이 낮은 생물과 인간의 관계는 어떤가요?

- 저마다 무서워하거나 혐오하는 동물이나 곤충이 있습니다. 무엇이 그런가요? 왜 그런지에 대해서도 생각해 봅시다.

- 지구의 주인이 누구인가? 이 질문에 대해 생각해 봅시다. 이유에 대해서도 생각해 봅시다. 강력한 힘, 개체 수, 오랜 역사 같은 이유가 타당한지에 대해서도 생각해 봅시다.

BOOK 22

1973년 수상작
줄리와 늑대

진 크레이그헤드 조지 | 가나출판사

《Julie of the Wolves》| Jean Craighead George | HarperCollins

Age 10-

Reading Level ★★★☆☆

위대한 늑대 아마록의 가족이 된
13세 소녀 줄리 이야기

★ *Author Story* · 작가 이야기

작가는 1919년 워싱턴에서 태어납니다. 가족은 자연주의를 실천하며 주말에는 숲에서 캠핑하고 나무에 올라가 새를 관찰하고 식물 채집을 하곤 했습니다. 어린 여성이 체험하기 어려운 낚시도 실컷 하면서 자연과 친구로 지낸 경험이 작가의 작품에 잘 녹아 있습니다.

펜실베이니아 주립대학교에서 영문학을 공부하고 〈워싱턴 포스트〉 기자로서 백악관 출입을 하기도 했습니다. 1969년부터는 〈리더스 다이제스트〉 편집자이자 작가로 활동합니다.

《나의 산에서(My Side of the Mountain)》로 1960년에 처음 뉴베리상 메달을 받았고 그 작품이 영화화되기도 했습니다. 작가는 이 작품으로 1973년에 두 번째 뉴베리상 메달을 받고, 후속작 《늑대가 돌아왔다(My Side of the Wolves)》로 뉴베리 아너상을 받기도 합니다. 어린이와 청소년을 위한 책을 100권 이상 썼으며, 아동 작품 외에도 다양한 분야에 관심이 많아서 환경과 자연에 관한 수필, 야생 재료를 활용한 요리책, 자서전 등도 썼습니다.

★*Story Review* · 책 속으로

줄리에게는 '미약스'라는 에스키모 이름이 하나 더 있습니다. 북극 마을에서 아버지와 함께 살기 때문입니다. 전쟁이 터지자, 아버지는 줄리를 떠나 전쟁터로 갔고 줄리는 친척들에 맡겨집니다. 시간이 흘러 줄리는 성장해서 독립하기로 마음먹습니다.

줄리의 어린 시절 부모끼리 정혼해 둔 대니얼을 찾아가지요. 대니얼의 부모는 줄리를 반겼지만, 줄리 눈에는 대니얼이 탐탁지 않습니다. 어느 날 대니얼이 줄리에게 폭력적인 모습을 보이고, 실망한 줄리는 마을을 떠나 야생의 북극으로 떠납니다.

북극 야생에서 이제 줄리는 미약스로 살아갑니다. 그리고 우연히 마주친 늑대 가족과 어울리려 애씁니다. 늑대 대장에게 아말록이라고 이름을 붙여주고 다른 늑대들에게도 이름을 붙여줍니다. 아말록 앞에서는 부하로 복종합니다. 어린 시절 아버지가 들려준 이야기는 야생 생활에 도움이 됩니다. 결국 늑대 대장 아말록은 미약스를 가족으로 맞이하고 먹을 것을 나눠줍니다. 대장이 인정했기에 다른 늑대들과도 가족이 됩니다. 하지만 미약스는 털도 없는 나약한 인간이기에 다시 마을을 찾아 떠날 수밖에 없습니다. 그러던 중 미약스는 아버지가 살아 있다는 소식을 듣습니다.

늑대 가족은 아버지를 찾아 이동하는 미약스를 멀리서 계속 바라보면서 지켜줍니다. 그런데 갑자기 비행기를 타고 나타난 사냥꾼이 쏜 총에 늑대 대장 아말록이 죽고 맙니다. 미약스는 새로운 대장 늑대를 세워주고 그토록 보고 싶던 아버지를 찾아가 품에 안기지만, 아버지가 바로 아말록을 죽인 사냥꾼이었음을 알게 됩니다. 그 사실을 알고 분노와 슬픔에 빠진 미약스는 결국 다시 늑대들이 있는 북극 얼음 마을로 떠나고 맙니다.

★Reading Point · 늑대의 생태를 잘 담아낸 자연 동화

작가는 알래스카에서 늑대와 툰드라를 연구하며 이 책의 영감을 얻었다고 합니다. 작가는 두 가지 장면을 목격합니다. 광활한 툰드라를 걷고 있는 소녀, 그리고 국립공원에서 만난 늠름한 대장 늑대입니다. 늑대를 관찰할수록 그들이 매우 사교적이며 애정이 많다는 걸 알게 됩니다. 두 장면을 바탕으로 에스키모 소녀와 늑대의 우정과 사랑을 다룬 소설을 쓰게 됩니다.

1960년대 말 전쟁 반대와 시민의 자유를 외치는 히피 운동을 겪은 뒤인 1970년대는 자유와 평화와 공존이라는 가치가 중요시되던 시기입니다. 인간만이 아니라 다른 생명에게도 눈을 돌리게 됩니다. 인간의 번영을 위해서 언제까지 퍼내 쓸 수 있을 것이라 믿었던 지구의 자원이 부족해질 수 있다는 위기감도 이때 시작됩니다. 1973년과 1979년 두 번에 걸쳐 발생한 오일 쇼크(oil shock)는 인류에게 처음 자원을 둘러싼 두려움을 심어줍니다. 석유 공급에 차질이 생기면서 석윳값이 엄청나게 오르고 따라서 다른 물가도 오르면서 세계가 큰 혼란에 빠진 것이지요.

인간의 무분별한 개발과 정복으로 생태계가 파괴되고 있다는 인식도 이때 시작됩니다. 지금처럼 계속 인간만을 위한 성장을 추구하면 언젠가는 인간 때문에 지구가 망해 버릴 것이라는 생각을 처음으로 하게 됩니다.

작품에서 주인공 줄리는 야비한 인간보다 의리가 있는 늑대가 더 좋습니다. 늑대와 생활하는 줄리의 모습을 통해 작품은 자연의 소중함과 생명의 공존을 말합니다. 자연은 인간에게 아무 해도 끼치지 않는데, 인간이 자연을 해치고 파괴하는 현실을 비판하기도 합니다. 지구에서 가장 큰 영향력을 미치는 인간이 자연환경과 다른 생명에 대해 어떤 생각과 자세를 가져야 하는지 고민하게 하는 작품입니다.

★ How to read

① 북극에서 살아남는 것에 대해 생각하며 읽어보자

② 자연의 소중함을 떠올리며 읽어보자

③ 줄리의 아빠는 왜 변해버리게 된 것일까?

가족이랑 어딘지 모를 자연 속에 있습니다. 외국 어딘가인지도 모르겠습니다. 그런데 갑자기 모두가 사라지고 나만 남습니다. 밤이 되고 사방이 캄캄합니다. 새소리, 벌레 우는 소리, 나뭇잎 스치는 소리까지 아주 선명하게 들립니다. 무섭습니다. 지금 가진 것은 텐트와 약간의 음식뿐입니다. 스마트폰 같은 건 터지지도 않고 배터리도 다 닳았습니다. 어떻게 해야 할까요? 줄리는 자연에 의지하는 법을 아빠에게서 배웠습니다. 늑대의 언어를 익히고 도움을 받는 법을 압니다. 모두 두려워하는 늑대와 친해지고 힘든 환경에서 공존하면서 살아가는 법을 깨쳤습니다. 줄리처럼 느끼면서 북극에서 살아남겠다는 생각으로 책을 읽어보기를 권합니다.

자연의 소중함에 대해 생각해 보면 좋을 듯합니다. 우리는 환경을 지키기 위해 나름대로 노력합니다. 분리수거도 하고 일회용 컵 대신 텀블러를 쓰기도 하고, 환경 캠페인이 말하는 대로 실천하려 합니다. 그런데 왜 그렇게 해야 할까요? 줄리와 늑대가 함께 살아가는 대목을 읽으며 생각해 보면 그 답을 찾을 수 있을 것입니다.

결국 줄리는 그리워하던 아빠를 다시 만납니다. 그런데 다시 만난 아빠는 너무나 많이 달라졌습니다. 심지어 사랑하던 대장 늑대를 총으로 쏴 죽인 것도 아빠입니다. 아빠는 왜 달라졌고, 줄리는 그런 아빠에게 왜 실망했는지 생각하면서 읽어보기를 바랍니다.

- 혼자 자연 속에 있다고 생각해 보세요. 쏟아지는 별을 보며 자연을 즐길 수도 있지만 혼자라서 무섭기도 할 것입니다. 여러 소리에 두렵기도 하고요. 그런 상황에서 어떻게 두려움을 극복할 수 있을까요?

- 환경보호를 위해 꾸준히 실천하는 행동이 있거나, 앞으로 실천할 수 있는 것이 무엇일지 생각해 봅시다.

- 아빠의 에스키모 이름은 카푸젠입니다. 줄리는 영어 이름을 버리고 미얏스가 되면서, 카푸젠은 죽었다고 말합니다. 그리워하던 아빠를 만났는데도 같이 살지 않고 떠나기로 합니다. 미얏스라는 이름을 선택하고 카푸젠이 죽었다고 말한 이유는 무엇일까요? 미얏스의 마음은 어땠을까요?

• BOOK 23 •

1991년 수상작
하늘을 달리는 아이

제리 스피넬리 | 다른

《Maniac Magee》| Jerry Spinelli | Little, Brown

Age 11-15

Reading Level ★★★☆☆

차별을 뛰어넘는 방법에 대한
유쾌하고 신선한 접근

★*Author Story* · 작가 이야기

작가는 1941년 펜실베이니아주에서 태어납니다. 어린 시절 운동을 좋아했고 16세 때는 축구 승리를 위한 시를 쓰기도 합니다. 시가 좋아 보였던지 아버지가 작가 허락도 없이 지역신문에 실었다고 하네요. 자신이 야구선수가 될 수 없음을 깨닫고 비로소 작가가 되기로 결심합니다. 어린 시절 여섯 형제와 뛰어놀던 경험이 여러 작품에 잘 녹아 있습니다. 이 작품에 메이저 리그 진출을 꿈꾼 할아버지 한 명이 등장하는데, 바로 작가의 모습이 담긴 인물이라고 할 수 있습니다.

게티스버그 대학교에서 영문학을 공부하며 본격적으로 글쓰기를 시작합니다. 학내 문학잡지 〈머큐리〉의 편집자로 활동하고, 졸업 후에도 편집자와 작가로 활동합니다. 그런데 자기 책을 내기는 쉽지 않았던 모양입니다. 20년이나 낮에는 일하고 밤에 소설을 쓰는 생활을 합니다. 초기에는 성인 대상 소설을 썼는데 모두 출판사로부터 거절당합니다. 첫 책은 다섯 번째 쓴 소설로 아동 도서인《7학년 스페이스 스테이션(Space Station Seventh Grade)》입니다. 이후로 아동문학 작가인 아내와 함께 수십 권의 작품을 출판하는데, 드디어 이 작품으로 1991년에 뉴베리상 메달을 받게 됩니다. 1998년에는《잔혹한 통과의례(Wringer)》로 뉴베리 아너상을 받기도 하지요. 주요 작품으로《스타걸(Stargirl)》,《징코프, 넌 루저가 아니야(Loser)》등이 있습니다.

★ **Story Review** · 책 속으로

영어 원제인 매니악 매기(Maniac Magee)가 주인공입니다. 매니악이란 본래 거칠게 행동하는 사람이나 열광적인 사람을 뜻하는데, 여기서는 폭발적인 에너지를 가진 사람을 의미합니다. 매니악 매기는 1960년대 흑인과 백인이 분리되어 살던 시대, 자기 주소가 없이 방랑하는 아이입니다.

매기가 처음부터 집이 없었던 건 아닙니다. 기차 사고로 갑자기 부모를 잃고 친척 집에 맡겨지지만 그만 버티지 못하고 가출하고 만 것이지요. 학교도 다니지 않습니다. 다만 매기는 특별한 능력이 있는데 굉장히 빨리 오래 달릴 수 있다는 것입니다. 그런 능력 덕에 어디 한 군데 정착하지 않아도 이곳저곳 마음대로 옮겨 다닐 수 있습니다.

도시는 이스트엔드와 웨스트엔드로 나뉘어 있는데, 이스트엔드에는 흑인만, 웨스트엔드는 백인만 살 수 있습니다. 매기는 백인이지요. 그런데 우연히 이스트엔드에 들어갔다가 흑인 소녀 아만다를 만납니다. 백인이 흑인 지역에 들어가도 안 되고, 흑인이 백인 지역에 들어가도 큰일이나던 시대입니다. 그러니 말을 거는 것은 상상도 못 합니다. 그런데도 흑인 소녀와 가족들은 매기를 반갑게 맞아 주고 매기도 그들을 좋아하게 됩니다.

하지만 한곳에 정착할 수 없는 매기는 다시 방랑을 시작합니다. 어느새 매기의 운동능력이 두 지역 모두에서 유명해집니다. 그를 좋아하는 사람도, 시기하는 사람도 생깁니다. 매기 이전에 제일 힘 세고 덩치 컸던 초코바 톰슨이 특히 매기를 싫어합니다. 하지만 그런 걸 알 리 없는 매기는 초코바도 친구라고 생각합니다.

계속 양쪽을 왔다가 갔다가 하면서 매기는 깨닫습니다. '세상에는 하나가 아니라 두 종족이 존재한다고 느꼈다. 두 종족 모두 같은 지역에 살지만, 각각은 다른 쪽을 전혀 생각해 주지 않았다. 한쪽은 소리 지르고 놀고 뒤쫓으며 웃었고, 다른 한쪽은 길을 잃고 말없이 수백만 명에 의해 죽어 가고 있었다.' 말도 안 되는 상황을 해결하기 위해 매기는 양쪽을 오가며 서로를 만나게 해 줍니다. 흑인을 백인의 집으로 안내하기도 하고 백인을 흑인의 집에 데려가기도 한 것입니다.

이벤트는 성공적이었습니다. 피부색이 다르다고 다른 존재가 아니기 때문입니다. 부모가 돌아가신 후 어느 한 곳에 마음을 붙이지 못하고 방랑하던 매기는 드디어 자신을 이해해 주고 따뜻하게 맞아 준 아만다 집에 정착하기로 마음먹습니다.

★Reading Point · 흑백 분리주의 시대인 1960년대의 흑백 갈등

이 작품은 인종 갈등이 심했던 1960년대가 배경입니다. '흑백 갈등'이라는 말은 그 자체로 모순입니다. 이전에는 흑인을 차별하는 게 당연했고 그들이 노예에서 해방된 것도 100년이 채 지나지 않았으니까요. 흑인은 백인과 갈등을 일으킬 만큼 동등한 처지가 아니므로, 흑인 차별이라고 하는 게 맞을 겁니다. 세상이 바뀌어서 더 이상 흑인은 노예가 아니지만 여전히 차별의 뿌리는 남아 있습니다. 당시는 두 인종이 서로 녹아들지 못하고 분리되어 살아가던 시절입니다. 식당, 버스, 심지어 물 먹는 수도꼭지까지 백인 전용이 있을 정도였다고 합니다.

다양성을 존중한다는 것은 무슨 의미일까요? 다양성이 있다는 것은 '다름'이 존재한다는 말입니다. 다름은 틀림이 아닙니다. 안타깝게도 인류 역사에서는 다름을 틀림으로 받아들여 많은 갈등이 벌어졌습니다. 국가, 종교, 이념, 인종 등 다르다는 이유로 서로 질시하고 차별하고 심지어 죽고 죽이면서 수많은 사람이 고통받았습니다. 다양성을 존중하면 이전부터 훨씬 좋은 세상을 만들 수 있습니다. 인종이 달라서 차별하는 일도 사라지고, 종교가 다르다고 미워하지도 않을 것입니다. 가난하다고 무시하거나 다른 지역이나 국가에서 왔다고 따돌리는 일도 사라질 것입니다.

현대 사회는 다문화 공존 시대입니다. 이민자나 난민도 많아졌고 그들이 서로 활발히 섞이면서 민족 정체성 같은 과거에 중요하게 생각했던 개념도 점차 약해지고 있습니다. 다양성 존중은 자유와 평등의 가치만큼이나 소중한 개념입니다.

★ How to read

① 매기의 열정이 어떻게 문제를 해결했을까요?
② 우리 주변의 흑백 분리는 무엇일지 생각하며 읽어보자
③ 나눔의 긍정적 효과를 생각하며 읽어보자

매기는 아주 열정적으로(매니악하게) 행동합니다. 한곳에 머물지 않고 초인적인 운동능력으로 움직이는 매기는 자기 능력을 활용해 문제 해결에 열정적으로 나섭니다. 내가 가진 능력으로 무언가를 해결하기 위해 열정적으로 매달릴 만한 것이 있다면 무엇일지 생각하며 읽어보기를 권합니다.

이 도시는 아주 문제가 많습니다. 흑인 지역과 백인 지역을 나눠놓고 서로 교류하지 않습니다. 똑같은 인간인데 피부색이 다르다는 이유로 완전히 다르게 취급합니다. 흑인 지역과 백인 지역이 분리되었듯이, 오늘날

에도 서로 분리되어 교류하지 않는 집단이나 계층이 있습니다. 주변에 그런 곳이 어디 있는지 생각하며 읽어보기를 바랍니다.

매기는 부모를 잃은 상처를 치유 받지 못해 방황합니다. 다른 등장인물도 모두 저마다 아픔이 있습니다. 이들이 서로 소통하지 않을 때 각자의 상처는 아물지 못합니다. 서로 친절하게 대하고 상대의 마음을 이해해 줄 때 상처도 치유됩니다. '기쁨은 나누면 배가 되고 슬픔은 나누면 반이 된다.'라는 말이 있습니다. 나눔에는 긍정적인 효과가 있기 때문입니다. 나자신 혹은 누군가의 상처를 치유하기 위해 나눌 수 있는 게 무엇일지 생각하며 읽어보기를 바랍니다.

★**Discussion** · 생각하고 토론할 주제

- 나한테 매기 같은 초인적인 운동능력이 있다면 가장 먼저 어디에 사용하고 싶은지 생각해 봅시다.

- 매기는 이스트엔드와 웨스트엔드 사이의 갈등을 풀기 위해서 아이들을 다른 지역으로 데리고 갑니다. 그 방법 외에 갈등을 풀 방법을 생각해 봅시다.

- 작품에는 여러 이유로 아픔을 갖고 살아가는 사람이 나옵니다. 꿈을 포기한 야구선수, 사랑받지 못해 거칠게 성장한 어른도 등장합니다. 주변을 둘러보면서 아픔이 있는 친구나 어른들을 생각해 봅시다. 그리고 그들을 위해 해 줄 수 있는 말이나 행동을 생각해 봅시다.

BOOK 24

2019 뉴베리 아너상 수상작
밤의 일기

비에라 히라난다니 | 다산기획

《The Night Diary》 | Veera Hiranandani | Kokila

Age 12-

Reading Level ★★★★☆

종교로 갈등하는 사회 속에서 피어난
평화를 향한 희망

★**Author Story** · 작가 이야기

작가는 인도인 힌두교 신자인 아빠와 미국인 유대교 신자 엄마 사이에서 태어납니다. 부모님의 종교와 배경이 다른 정도로 생각할지 모르지만, 두 종교에 대해 안다면 이 결혼 자체가 얼마나 어려웠을지 짐작할 수 있습니다. 작가는 자기와 비슷한 환경을 가진 친구가 없어서 학교생활에 적응하기가 어려웠다고 고백합니다. 하지만 덕분에 사람을 깊이 관찰하는 습관을 갖게 되었고 더 강한 사람이 될 수 있었다고 합니다.

작가는 자신이 특별한 가정에서 태어나지 않았다면 소설가가 되지 못했을 거라고 말합니다. "어렸을 땐 남들과 비슷하기를 바랐지만, 이젠 내 경험을 무엇과도 바꾸지 않을 거예요." 힘들었을지 모를 과거 기억을 작가는 소중하게 간직하고 있습니다.

조지워싱턴대학교에서 공부하고 큰 로펌(law firm, 법률 회사)에서 일하지만, 곧 적성이 맞지 않는 걸 깨닫고 대학원에 갑니다. 이때 처음 소설 쓰기를 공부하고 나중에는 동화책 편집자로 일합니다. 그리고 2012년 첫 책 《반쪽 소녀의 하나 이야기(The Whole Story of Half a Girl)》로 큰 관심을 받습니다. 지금까지 계속 작품을 쓰면서 사라 로렌스 대학교에서 소설 쓰기를 가르치고 있습니다. 이 작품으로 2019년에 뉴베리 아너상을 받았고 가장 최근에 발표한 소설 《찾지 않던 것을 발견하는 법(How to Find What You're Not Looking For)》으로 2022년에 여러 상을 받기도 했습니다.

★**Story Review**·책 속으로

인도 소녀 니샤는 12년 전 돌아가신 엄마에게 매일 편지를 씁니다. 니샤는 열두 살이고 시대 배경은 1945년입니다. 인도가 영국으로부터 독립한 해죠. 200년이나 영국 식민지로 있다가 자유를 얻게 된 것입니다. 우리나라도 1945년에 독립했지요. 당시 사진을 보면, 기쁨으로 들뜬 사람들의 모습을 볼 수 있습니다.

하지만 기쁨도 잠시. 어른들의 얼굴에 걱정이 가득합니다. 의사인 니샤의 아빠도 그랬습니다. 예전처럼 마음 놓고 길에 다닐 수가 없기 때문입니다. 니샤는 곧 이유를 알게 됩니다.

당시 인도에는 여러 종교가 있었고 이들은 서로 대립하며 상대방을 적으로 생각합니다. 영국이 총칼로 억누르고 있을 때는 드러나지 않던 문제가 공통의 적이 사라지고 나니 피어오르기 시작한 것입니다. 역사를 공부하면 알게 되겠지만, 하나였던 인도에서 종교가 다른 파키스탄이 1947년에 독립하고, 스리랑카가 1948년에 독립하고, 다시 파키스탄에서 종교가 다른 방글라데시가 1971년에 독립하게 됩니다.

니샤가 사는 곳은 지금의 파키스탄이며, 대부분이 이슬람교를 믿습니다. 그런데 니샤 가족은 힌두교 신자지요. 돌아가신 니샤의 엄마도 이슬람교 신자였지만 힌두교 신자인 아버지와 결혼했고 아무 문제 없이 평화롭게 살았습니다. 그런데 갑자기 종교 사이에 폭력이 생겨나고 위험해진 것입니다.

결국 안전하지 못하다고 생각한 아빠는 힌두교 지역인 인도로 떠나기로 합니다. 작별 파티하고 새벽에 짐을 싸서 길을 떠납니다. 그러나 당시엔 자동차가 없어서 그 먼 곳까지 걸어서 가야 했습니다. 니샤뿐 아니라 어린 동생들도 죽을 지경입니다. 도중에 먹을 물이 떨어지고 동생은 아프기까지 합니다. 아빠는 목숨을 걸고 밖에 나가 물을 구해오고, 아이들이 힘들어하는 걸 보고 눈물을 흘립니다. 한 번도 본 적 없던 아빠의 모습을 보고 니샤는 감동합니다.

인도로 가던 중에 니샤는 종교가 다르다는 이유로 사람을 죽이는 모습을 두 눈으로 목격합니다. 충격으로 한동안 실어증(말이 안 나오는 병)에 걸리지요. 어린 니샤가 감당하기에 너무 힘들었던 것입니다. 아빠는 제발 말 좀 하라고 간곡히 부탁하지만, 이상하게 말이 나오질 않습니다. 인도에 도착해서 니샤는 다시 학교에 다니게 되고 새로운 친구도 사귑니다. 하지만 니샤는 생각합니다. '새로운 인도에 왔지요. 예전의 인도는 모두 사라져 버렸어요.'

★**Reading Point** · 종교와 신념 때문에 부딪히던 독립 직후의 인도

1945년은 수많은 식민지 국가가 독립한 해입니다. 제2차 세계 대전이 끝나고 나서 전쟁에 참여했던 국가들이 이제 식민지를 지배하던 것을 그만두고 '민족 자결권'을 인정하자고 합의했기 때문입니다. 대한민국, 인도, 인도네시아, 필리핀, 레바논, 아이슬란드 등이 이 시기에 독립하고, 뒤를 이어 아프리카의 여러 나라가 독립하게 됩니다.

이제 잔인한 죽음의 시대가 끝나고 식민지 억압의 역사도 끝나고, 세계는 평화롭고 행복해졌을까요? 현실은 그렇지 못했습니다. 나중에 더 자세히 공부하면 알게 되겠지만, 강대국이 식민지를 만들면서 처음부터 한 나라로 묶일 수 없는 부족이나 민족, 종교와 신념이 다른 사람들을 자기들 편리하게 묶어놓았습니다. 심지어 아프리카는 여러 나라가 지도를 놓고 자를 대고 그어서 땅을 나눠 갖기도 했지요. 그런데 무작정 독립을 시키고 강대국은 몸만 빠져나옵니다. 남은 사람들이 혼란을 겪은 것은 어떤 의미로 당연한 일입니다.

작품 속 배경은 인도입니다. 영국은 인도 대륙을 지배하기 위해서 종교와 배경이 다른 여러 왕국을 합쳐 다스렸습니다. 그래서 독립 후에 원래의 왕국으로 돌아가려는 흐름이 생겨납니다. 인도는 힌두교, 스리랑카는 불교, 파키스탄은 이슬람교, 방글라데시는 힌두교 국가라 할 수 있습니다. 그러나 그 종교의 인구가 상대적으로 많다는 말이지, 다른 종교 인구가 없는 것은 아닙니다.

문제는 영국에서 독립된 뒤 혼란이 심해지면서 서로 종교가 다른 사람들을 폭력적으로 억압했다는 점입니다. 그로 인해서 수많은 사람이 고통받습니다. 작품에 등장하는 니샤 가족의 이주 이야기는 실제 일어났던 일입니다. 작가 아빠가 경험한 이야기를 바탕으로 썼기 때문입니다.

우리 역시 1945년 일본으로부터 독립하고 혼란을 겪었습니다. 우리의 경우는 종교적 대립도 없었고 식민지 통치를 위해 서로 다른 나라가 억지로 합쳐졌기에 다시 갈라져야 하는 상황도 아니었습니다. 그런데 제2차 세계 대전에서 이긴 나라들(소련, 미국)이 자기들 편리함을 위해서 한반도를 반으로 나눠 관리하기로 합니다. 지금도 그렇지만 한반도는 굉장히 중요한 위치이고, 이념이 서로 달랐던 미국과 소련은 절대 양보할 수 없었습니다. 안타깝게도 그렇게 나뉜 것이 국경이 되어 두 개의 정부가 따로 세워지고 북한이 전쟁까지 일으켰습니다. 그 결과 우리 민족은 아직도 갈라져 대립하고 있고요.

혼란의 한복판에 서 있던 소녀 니샤 이야기는 우리 민족의 슬픔과도 크게 다르지 않습니다. 작품을 읽으며 우리는 자유와 평화, 그리고 지금도 계속되는 상처와 고통에 대해 깊이 생각해 보게 됩니다.

★ How to read

① 종교는 사랑을 말하는데 왜 서로 미워할까?

② 작품 속 실존 인물을 공부하며 읽어보자

③ 진정한 평화에 대해 고민하면서 읽어보자

어린 소녀가 실제로 겪은 처참한 일들, 그러나 여전히 남아 있는 희망을 담고 있는 작품입니다. 폭력과 죽음의 공포 속에서 니샤 가족이 이동하는 과정을 그립니다. 모든 종교는 사랑을 말합니다. 그런데 이상하게 종교가 다르다는 이유로 서로 미워하고 폭력을 가하기까지 합니다. 과연 종교가 다르다고 그렇게까지 해야 하는지 생각하면서 읽어보기를 바랍니다.

　작품에는 당시 실존 인물이었던 간디, 네루, 지나 등이 등장합니다. 유명한 인물이어서 책이나 인터넷에서 관련 자료들이 많습니다. 작품에 대해 더 깊이 이해하기 위해서 관련 정보를 함께 공부해 봅시다.

　진정한 평화란 무엇일까요? 아무리 독립으로 자유를 얻어도 평화가 없다면 반쪽짜리일 것입니다. 평화가 없는 자유는 잘못 이해될 수 있습니다. 무작정 자유롭게 행동하고 자신의 자유를 위해 남의 자유를 억누른다면 진정한 자유라고 볼 수 없겠지요.

- 작품에는 이런 말이 나옵니다. "영국으로부터 자유로워져서 잘됐다고 하지만 그게 무슨 의미가 있을까요? 자유란 자신이 원하는 것을 선택할 수 있는 것 아닌가요?" '자신이 원하는 것을 선택할 수 있는 것'이라는 말의 의미를 생각해 보고 각자의 생각을 말해 봅시다.

- 종교, 이념 등은 모두 인간을 위해 존재하거나 만들어진 것입니다. 그런데 왜 종교와 이념이 다른 사람을 해치는 이유가 되는지 생각해 봅시다.

- 우크라이나-러시아 전쟁, 이스라엘-하마스 전쟁 등을 검색해 보고 원인이 무엇인지, 해결책은 무엇일지 생각해 봅시다.

◆ 5부 ◆

Newbery Medal
Theme 5

Freedom and Equality

자유와 평등
인간 존엄을 향한 끊임없는 도전

자유나 평등이라는 개념은 그리 오래된 가치가 아닙니다. 불과 몇백 년 전까지만
해도 세계 거의 모든 나라에 노예제도가 있었고 세계 여성이 참정권을 갖기 시작
한 것은 백 년 안팎의 일입니다. 여전히 몇몇 나라에서 아동 노동 착취가 일어나
고 있고요. 인간은 누구나 존엄하며 존중받아야 한다는 믿음은 완성된 것이 아니
라 꾸준히 추구할 소중한 가치입니다.

첫째, 뉴베리상 수상작 중 자유와 평등 주제를 다루는 작품은 미국 역사의 차별
사례인 흑인 노예에 대해 많이 다룹니다. 남북전쟁 이후 노예 해방을 선포했지만,
여전히 미국 사회에 인종차별이 남아 있음을 알 수 있습니다.

둘째, 자유와 평등이 얼마나 값진 것인지 알려면 그것을 빼앗겼던 때의 이야기를
다룰 수밖에 없습니다. 피부색, 성별, 인종, 종교, 나이 등으로 차별받는 상황을 보
여주는 뉴베리상 수상작은 상당히 어두운 분위기를 자아내고 사실적으로 묘사
합니다.

셋째, 자유와 평등은 가만히 있어도 선물처럼 주어지는 것이 아닙니다. 수많은 사
람의 피와 땀과 눈물이 있었기에 우리가 지금 누릴 수 있는 것입니다.

BOOK 25

1974년 수상작
춤추는 노예들

폴라 폭스 | 사계절

《The Slave Dancer》| Paula Fox | Aladdin

Age 12-

Reading Level ★★★★☆

노예무역선에 끌려간
14세 소년에 관한 지독히도 생생한 묘사

★ Author Story · 작가이야기

작가는 1923년 뉴욕에서 태어납니다. 아버지는 영화 각본을 쓰면서 영어를 가르쳤는데, 쿠바 출신이었던 어머니는 작가가 태어나자마자 떠나버립니다. 그녀를 키운 외할머니의 형편도 좋지 못해서 뉴욕, 쿠바, 플로리다 등 계속 옮겨 다니며 살았습니다. 아버지와도 거의 함께 살지 못했습니다. 부모의 사랑을 받지 못한 어린 시절, 다섯 살에 처음 만난 어머니가 들려준 전쟁 포로 때의 경험담이 작가의 작품에 잘 들어 있습니다. 이 작품 역시 그런 정서가 녹아 있습니다. 작가도 어린 시절 방황하면서 스무 살에 아이를 낳게 되지만 키울 수 없어 입양 보내게 되었다고 합니다.

훗날 컬럼비아 대학교에서 공부하고 두 번째 남편과 결혼한 뒤부터는 안정을 찾아 학교에서 학생들을 가르치기도 합니다. 40대에 첫 책《불쌍한 조지(Poor George)》를 발표했고 이후에도 아동을 위한 책과 어른을 위한 소설을 스무 권 이상 씁니다. 그리고 마침내 이 작품으로 뉴베리상 메달을 받았고, 1978년에는 어린이책 작가로서 세계적인 인정을 받아 안데르센상을 받습니다.

★Story Review · 책 속으로

작품의 배경은 1840년. 가난한 집안에서 어머니와 할머니와 사는 14세 제리는 불만이 많습니다. 가난해서 먹고 싶은 것도 먹지 못하고, 하고 싶은 일도 맘껏 못합니다. 그러던 어느 날 길거리에서 평소 좋아하던 피리를 불었는데, 무리가 다가와 잘한다며 돈을 주었습니다. 돈이 생긴 제리는 기분이 좋아졌죠.

그날 저녁, 기분 좋게 어머니 심부름을 다녀오는데 돈을 줬던 무리가 다가옵니다. 그리고 무작정 제리를 붙잡아 갑니다. 제리는 가족들이 걱정하니 풀어달라고 애원하고, 무리는 가족에게는 나중에 알릴 테니 걱정하지 말라고 합니다. 제리는 그 말을 믿을 수 없습니다. 이제 제리는 낯선 사람이 가득한 배에 태워집니다. 뭐가 뭔지 영문도 모른 채, 제리는 배를 타고 먼 바다로 나갑니다.

그 배는 노예무역선입니다. 불법적인 노예무역을 하는 배였죠. 당국의 눈을 피해 아슬아슬하게 무역하니 언제 붙잡힐지 모릅니다. 그런데 어린 제리가 왜 필요했을까요? 배에는 강제로 잡아 온 노예도 있지만 비싼 값을 주고 사 온 노예도 많습니다. 필요한 곳에 더 비싼 값에 팔아야 돈을 벌 수 있습니다. 그러니 노예는 팔리기 전까지 배 안에서 건강하게 버텨야만 합니다. 하지만 배는 좁고 노예는 너무 많아서 종이짝처럼 구겨져서 화물칸에 포개져 지낼 수밖에 없습니다. 공포와 두려움에 떨며 먹는 것조차 부실해서 건강 상태가 자꾸 나빠집니다. 죽어 나가는 노예가 늘어나자 결국 선장은 노예를 강제로라도 움직이게 하려고 제리에게 피리를 불게 한 것입니다. 오물을 치우고 온갖 허드렛일하는 것도 제리의 몫입니다. 마지막에는 노예를 사려는 상인들 앞에서 노예들의 삐쩍 마른 몸에 그럴듯한 옷을 입히고 제리의 피리 소리에 맞춰 춤 공연을 보여줄 작정입니다. 노예들이 건강한 것처럼 보이도록 말입니다. 이를 위해서 제리는 4개월이나 노예무역선에 잡혀 있어야 했습니다. 제리 역시 노예였던 셈이지요.

노예무역이 성공하나 싶었는데 선원 중에서 가장 나쁜 사람 하나가 그만 실수하고 맙니다. 감시를 피하려면 깃대의 국기를 매번 바꿔 달아야 했는데, 착각해서 단속선을 무방비로 맞닥뜨리게 됩니다. 부랴부랴 노예를 전부 바다에 버리고 급히 도망치다가 배도 침몰하고 맙니다. 결국 살아남은 사람은 제리와 흑인 노예 라스뿐이었습니다. 이들은 도망 노예 다니엘에게 구조되고 라스는 안전한 곳으로, 제리는 가족에게로 돌아갑니다. 하지만 노예선에서의 경험으로 제리는 트라우마를 안게 되어 더 이상 음악조차도 들을 수 없을 만큼 힘겨워하게 됩니다.

★**Reading Point** · 이 작품에서 노예무역선이 상징하는 것

작품은 이미 노예제도가 폐지된 지 백 년이 지난 때에 쓰입니다. 작가가 작품의 배경으로 삼은 1840년은 노예제를 둘러싸고 세계적으로 서로 다른 의견이 대립하던 때입니다. 이에 대해 알려면 노예제 폐지의 역사를 조금 공부해야 합니다.

노예제 폐지를 가장 먼저 들고나온 것은 영국입니다. 1833년 영국 의회에서 찰스 그레이 백작이 노예제 폐지법을 추진하고, 동인도 회사가 점령한 지역(스리랑카, 세인트헬레나)을 제외하고 모든 지역에서 노예 구매와 소유를 불법화합니다. 뒤이어 프랑스도 1845년에 노예제를 폐지하지만, 1848년에 가서야 식민지까지 포함한 모든 노예가 해방됩니다. 남미의 경우 멕시코가 1829년에 가장 먼저 노예제를 불법으로 정합니다. 그래서 미국에서 도망친 노예들이 멕시코에 들어가 정착하기도 하지요. 미국이 남북전쟁 후에 완전히 노예제를 폐지한 것은 1862년이지만, 북부는 훨씬 전부터 노예 자유주가 많았고 1857년부터는 공식적으로 노예제가 금지됩니다. 이 작품의 배경이 되는 1840년은 노예무역이 불법과 합법의 사이를 오가는 회색지대에 있었다고 할 수 있습니다.

작품의 마지막에 배는 멕시코 걸프만에서 침몰하고 유일한 생존자를

구해 주는 사람은 도망 노예입니다. 즉 이 배는 멕시코 단속선에 발각된 것이고, 그 지역에 살던 도망친 노예 출신 자유인이 이들을 구해 주게 된 것입니다.

작품은 제리라는 평범한 소년의 눈으로 본 노예무역선의 잔인한 현실을 굉장히 사실적으로 보여줍니다. 그래서 '어린이가 읽는 책이 이렇게 마음 불편하고 사실적이어도 되나?' 하는 걱정까지 들 정도입니다. 인간이 어느 정도 밑바닥까지 떨어질 수 있는가를 보여주는 여러 장면은 어른이 읽기에도 굉장히 잔혹합니다.

순진하고 불평불만 많던 제시는 현실에 녹아들면서 때로 냉정하게 변하고 때로 노예들을 걱정하기도 하면서 조금씩 성장합니다. 배에서 함께 생활하는 다른 인물들에 대한 묘사도 매우 사실적이고, 현실에 있을 법한 여러 모습을 잘 보여줍니다.

작품 속 노예무역선은 우리 사회의 축소판입니다. 물론 당시는 노예제가 여전히 살아 있고 잡혀 온 노예들은 저항할 힘이 없습니다. 그러나 같은 노예무역을 하더라도 누군가는 더 난폭하게 굴고 누군가는 선장 몰래 뒤로 노예들을 도와줍니다. 그런데 노예제가 사라지고 자유와 평등이 중요한 가치가 된 지금, 우리 모습은 이 노예무역선과 얼마나 다를까요? 여전히 어디선가 다른 이를 착취하고 이용하고 자기 이익만을 꾀하는 이들이 존재합니다. 우리에게는 아직도 자유와 평등이 필요합니다. 돈을 위해 노예를 사고팔던 당시와 지금은 얼마나 다른지 생각하며, 차별과 억압을 넘어서기 위해 노력해야 할 것입니다.

① 인류는 왜 노예를 써야 했는지 생각하며 읽어보자

② 다양한 등장인물을 분류하며 읽어보자

③ 자유와 평등이라는 개념을 생각하며 읽어보자

작품에서는 노예선에 잡혀 온 노예들의 비참한 생활이 아주 사실적으로 묘사됩니다. 매일 몇 명씩 죽고 부모와 자녀가 다른 곳으로 팔려가 생이별합니다. 모두 같은 인간인데 물건 취급을 받으며 가치가 떨어지면 버려집니다. 제리가 잡혀 온 것도 노예라는 상품의 신선도를 높이기 위한 것입니다. 피리라도 불어 조금씩 움직이게 해서 죽지 않게 하려는 것입니다. 인류는 왜 노예를 써야 했고 어떻게 그런 행동이 사회적으로 허락되었을까요? 그에 대해 생각하며 읽어보기를 바랍니다.

제리는 처음 잡혀 왔을 때와 나중에 사람들을 다르게 평가하게 됩니다. 제리를 잡아 온 사람, 처음엔 친절한 줄 알았는데 알고 보니 제일 나쁜 사람, 모든 걸 뒤에서 조종하는 선장…. 노예선은 우리 사회와도 같습니다. 각 사람의 특성을 분류해 보며 읽어보기를 권합니다. 선장은 어떤 리더인가, 제리를 잡아 온 사람은 어떤 부류인가, 사회에서 그런 사람을 만나면 어떻게 해야 할까 등에 대해서도 생각하며 읽어보기를 바랍니다.

모든 사람은 태어날 때부터 자유와 평등의 권리가 있습니다. 이를 어려운 말로 천부인권(天賦人權)이라고 합니다. 자유는 무엇이고 평등은 무엇일까요? 두 개념에 대해 깊이 생각하면서 작품을 읽어보기를 바랍니다.

★**Discussion** · 생각하고 토론할 주제

• 제리가 되었다고 상상해 보세요. 어느 날 갑자기 노예선에 잡혀가서 피리를 불게 됩니다. 그런 상황에 어떻게 할지 생각해 봅시다. 얻어맞더라도 명령을 듣지 말까요? 아니면 어쩔 수 없으니 시키는 대로 할까요? 두 가지 모두에 대해 생각해 봅시다.

• 제리를 납치한 샤키는 시간이 흐르면서 심성이 착하다는 게 드러납니다. 처음엔 친절한 듯했지만 제일 나쁜 인물 스타우트도 있습니다. 나중에 제리는 샤키와 친해지고 그가 자신을 많이 도와줬다고 말합니다. 제리의 판단은 옳은 것이었을까 생각해 봅시다.

• 우리 사회에도 노예무역선의 원리를 적용한다면, 자유와 평등이 골고루 잘 유지되고 있을까요? 그런 부분과 그렇지 않은 부분을 생각해 봅시다.

BOOK 26

1977년 수상작
천둥아, 내 외침을 들어라!

밀드레드 테일러 | 내인생의책

《 Roll of Thunder, Hear My Cry 》 | Mildred D. Taylor | Puffin Books

Age 12-

Reading Level ★★★★☆

노예였던 조상의 실화를 담은
1930년대 흑인 가족 이야기

★ **Author Story** · 작가 이야기

작가는 1943년 미시시피주 잭슨에서 태어납니다. 증조부가 아프리카계 인디언 여성과 백인 지주 사이에 태어난 노예였다고 합니다. 그런 이유에서일까요. 아프리카계 미국인이 맞닥뜨리는 인종차별을 주제로 이 작품 외에도 여러 작품을 씁니다.

어렸을 때 오하이오주 털리도로 이사해서 그곳에서 줄곧 학교에 다녔고 1965년 털리도 대학교를 졸업합니다. 에티오피아에 평화 봉사단으로 가서 7년 동안 일하기도 하지요. 미국으로 돌아온 후에는 콜로라도 대학교에서 저널리즘 석사 과정을 공부하면서 흑인 학생연합에 참여해 열심히 활동했다고 합니다.

1977년 뉴베리상 메달을 받은 이 작품은 미국 교과서에도 실려 있습니다. 작가의 작품은 대체로 한 가족의 역사를 담고 있는데 아버지, 삼촌, 이모에게서 들은 얘기가 바탕이 되었다고 합니다. "아버지가 없었다면 내 책은 존재하지 않았을 것입니다."라고 작가 스스로 말할 만큼 가족 역사를 문학으로 담아냈다고 할 수 있습니다.

★*Story Review*·책 속으로

노예제가 폐지된 지 70년이 흐른 1933년. 여전히 사방에 차별이 존재합니다. 남부에 노예를 풀어 주라 요구하며 전쟁을 시작한 북부도 예외는 아닙니다. 더군다나 미국에는 경제 대공황이 몰아닥칩니다. 극심한 경제적 어려움 중에 각자 살아남으려고 몸부림칩니다. 그런 와중에 어느 정도 자립해서 살던 한 흑인 가족이 있습니다.

캐시 로건은 용감하고 정의로우며 독립적인 흑인 소녀입니다. 캐시의 엄마는 정의를 최고의 가치로 여기는 흑인 학교 선생님이고, 캐시의 형제자매도 모두 불공평한 현실에 항의하고 저항할 줄 아는 아이들입니다. 엄마, 할머니, 네 명의 아이들이 한집에 삽니다. 철도 공사장에서 일하는 아버지는 겨울에만 겨우 집에 옵니다.

노예제가 없어졌어도 흑인 차별은 여전합니다. 같은 학생이지만 흑인은 통학 버스에 탈 수 없습니다. 마을 곳곳에서 백인들이 총을 들고 흑인을 공격합니다. 흑인들은 모두 숨죽여 살 수밖에 없습니다. 지렁이도 밟으면 꿈틀한다는 속담처럼 조금씩 힘을 모아 저항하기도 합니다. 물론 아직은 소극적 저항일 뿐입니다.

마을에는 월러스 상점이 있습니다. 주인은 월러스 백인 3형제로 자동차를 길가에 세웠다는 이유로 흑인 집에 불을 지르는 등 만행을 저지르는 이들이었습니다. 흑인들은 그 상점을 이용하지 말자고 약속하고 거리는 멀어도 흑인에게 잘해 주는 가게에서 물건을 삽니다. 일부이기는 하지만 이들의 행동을 지지하면서 적극적으로 도와주는 백인도 있습니다.

하지만 흑인의 단합된 행동을 막으려는 백인들의 위협은 계속됩니다. 캐시의 동생 친구인 티제이는 백인 형제들의 노예처럼 굽신댑니다. 흑인 친구들이 자신의 나쁜 성격 때문에 싫어하자, 백인 형제에게 잘 보여 관심을 끌려 한 것입니다. 백인 형제들은 티제이를 시켜 흑인에게 잘해 주는 가게를 도둑질하게 만들고 가게 주인을 때리기까지 합니다. 그러나 결국 티제이만 모든 죄를 뒤집어쓰고 백인들에게 끌려가 죽게 생겼습니다.

이때 캐시의 아버지가 꾀를 내어서 폭풍이 불고 번개가 치는 틈을 타서 자신의 목화밭에 불을 지르고 그 불이 백인들의 밭까지 옮겨붙습니다. 결국 흑인 백인 할 것 없이 모두가 힘을 합쳐 불을 끄느라 정신이 없어집니다. 하지만 결국 사태가 모두 끝나고 나자, 티제이는 재판장으로 끌려가고 평생 감옥살이를 하게 됩니다.

★ Reading Point · 인종차별에 저항하는 한 가족의 이야기

2020년대에도 미국에는 여전히 인종차별이 일어납니다. 백인 경찰이 폭력적으로 진압하는 바람에 흑인이 사망한 조지 플로이드 사건으로 미국이 발칵 뒤집히기도 했습니다. 실제 사법 결과를 보면 흑인이 처벌받을 확률이 백인과 비교하면 훨씬 높다고 합니다.

주인공 캐시는 불공평한 세상을 한탄합니다. 그때 할머니가 말합니다. "백인은 대단하단다, 캐시. 흑인이 대단한 것처럼 백인도 대단하단다. 이 세상에 태어난 모든 사람은 모두가 대단한 존재란다. 그래도 피부색이 무엇이든 어떤 사람도 어떤 사람보다 잘난 것은 아니란다."

작품은 차별 대우에 그대로 당하거나 받아들이지 말고 적극적으로 저항하라고 가르칩니다. 가만히 앉아서 시간이 해결해 줄 것이라고 기대해선 안 된다고 말합니다. 어린이를 대상으로 쓴 책이지만 상당히 깊이 있고 주제가 무겁습니다. 무섭고 잔인한 묘사도 나옵니다. 어린이에게는 좋은 세상, 밝고 아름다운 이야기만 주면 좋을 텐데, 왜 작가들은 무섭고 어두운 이야기를 쓰는 걸까요? 그것은 어린 독자부터 세상에 대해 제대로 알고 저항할 수 있어야 미래에 더 좋은 세상이 될 것이라 믿기 때문입니다.

우리나라 역시 다문화 사회로 점점 더 나아가고 있습니다. 그런데 이주민 여성이나 노동자에 대한 편견은 좀처럼 가시지 않고, 그들을 존중하는 연습도 많이 안 되어 있습니다. 흑인의 관점으로 이 작품을 읽는 것처럼, 이주민이나 이주 노동자의 관점에서 바라보는 연습이 필요합니다. 차별을 없애려면 차별할 힘을 가진 쪽에서 차별당하는 사람들의 마음을 헤아리는 것부터 시작해야 합니다. 과거에 비하면 점점 더 평등한 세상으로 더 나아가고 있지만 아직 부족한 게 많기 때문입니다.

★ How to read

① 1933년 미국을 지금의 우리와 비교하며 읽어보자

② 저항과 희생의 가치에 대해 생각하며 읽어보자

③ 《톰 아저씨의 오두막》과 비교하며 읽어보자

무대를 작품의 배경인 1933년 미국에서, 지금 우리에게로 옮겨와 보면 어떨까요? 겉으로 보기에 우리는 차별과 관련된 얘기가 많이 나오지 않습니다. 그런데 깊이 들여다보면 어떤가요? 이민자나 난민을 대하는 태도, 여성이나 약자에 대한 태도, 장애인을 대하는 태도 등이 작품 내용보다 발전하고 성숙했을까요? 우리 안에 차별은 없는지 생각하며 읽어보기를 바랍니다.

노력하고 저항하지 않으면 문제는 저절로 해결되지 않습니다. 사람들은 변화를 좋아하지 않습니다. 그러나 변화가 없는 사회는 낡고 죽어가는 사회입니다. 불만이 있거나 고쳐야 할 점이 있으면 적극적으로 나서서 항의하고 해결해야 합니다. 그 와중에 힘든 일도 있겠지만 서로 힘을 합쳐 해결해 가야 합니다. 캐시 아빠는 이웃집 소년을 구하려고 자기 재산을 포기합니다. 때로 변화를 위해서는 결단도 필요하고 희생해야 할 수도 있습니다. 사회 문제를 적극적으로 찾아보고 해결책을 생각해 보는 훈련을 해보기를 바랍니다.

《톰 아저씨의 오두막》은 노예제도 폐지를 끌어낸 소설이라는 평가를 받습니다. 톰은 순수하고 충성스러운 기독교인 노예입니다. 그러나 톰은 너무나 순종적이라는 비판도 받았고, 그래서 정작 흑인들은 이 책을 별로 좋아하지 않았다고 합니다. 똑같은 인종차별을 다루지만 《톰 아저씨의 오두막》은 감동과 동정심에 더 초점을 맞췄고, 이 작품은 용기 있는 저항에 더 초점을 맞췄습니다. 두 작품을 비교하면서 읽어보기를 추천합니다.

★Discussion · 생각하고 토론할 주제

- 차별당한 경험이 있는지 떠올려 봅시다. 왜 차별받았고 그때의 느낌은 어땠나요? 저항하기 위해 어떤 행동을 했나요?

- 우리 역사에서 저항을 통해 문제를 해결한 일들로 어떤 것이 있을까요? 저항 정신이 지금까지도 이어지고 있다면 어떤 부분에 어떻게 이어지고 있을까요?

- 아직은 세상을 바꾸기 위한 거창한 일을 하기 어려울 수도 있습니다. 하지만 작은 실천은 가능합니다. 차별을 없애기 위해 내가 할 수 있는 일 세 가지 정도를 생각해 봅시다.

BOOK 27

1987년 수상작
왕자와 매맞는 아이

시드 플라이슈만 | 미래엔아이세움

《*The Whipping Boy*》| *Sid Fleischman* | *Greenwillow Books*

Age 10-12

Reading Level ★★☆☆☆

작가의 독특한 시선으로 재해석한
영국 왕실판 '왕자와 거지'

★*Author Story* · 작가 이야기

작가는 1920년 뉴욕에서 태어납니다. 부모님은 우크라이나 출신 유대인 인데 당시엔 유대인이 차별을 많이 받았다고 합니다. 2세 때 캘리포니아 주 샌디에이고로 이사했고, 처음 마술 공연을 본 뒤 마술에 많은 관심을 두게 됩니다. 예술적인 재능이 많아서 고등학교 때부터 공연을 시작했고,

친구와 함께 전국을 여행하며 두루 경험을 쌓았습니다. 1941년에는 제2차 세계 대전에 참전하기도 하고, 이후 샌디에이고 주립대학교에서 문학을 공부합니다.

대학 졸업 후에는 신문사에서 일하면서 본격적으로 글을 씁니다. 첫 작품은 19세 때 쓴 종이 성냥을 사용한 마술 모음집《칵테일 사이에 (Between Cocktails)》지만 우리가 아는 작품은 모두 성인이 된 후에 쓴 것입니다.

작가의 책은 유머가 풍부하고 구성이 흥미진진한데, 1987년에 이 작품으로 뉴베리상 메달을 받았고 1994년에는 안데르센상 후보에 오르기도 합니다. 아동 도서 작가·일러스트레이터 협회는 작가의 업적을 기리기 위해 시드 플라이슈먼 유머(Sid Fleischman Humor) 상을 만들어 매년 어린이와 청소년을 위한 유머 넘치는 소설을 쓴 작가에게 주고 있습니다.

★ **Story Review** · 책 속으로

18세기 영국 왕실이 배경입니다. 지미는 태동(笞童, whipping boy)입니다. 태동이란 왕자가 잘못했을 때 대신 매를 맞는 소년을 말합니다. 왕자는 아무리 잘못해도 직접 때릴 수 없으니 대신 태동이 매를 맞는 것입니다. 우스꽝스러운 노릇이지요. 그런데 괴팍한 왕자는 일부러 잘못을 저지르고는 지미가 맞는 걸 보기를 즐깁니다. 당연히 지미는 왕자에게 속으로 불만이 많습니다.

어느 날 궁궐에 갇혀 지내는 게 지루했던 왕자는 지미에게 함께 성 밖으로 나가자고 합니다. 지미는 거절하지만, 왕자는 계속 요구합니다. 결국 지미는 어쩔 수 없이 왕자와 몰래 성 밖으로 나갑니다. 세상 물정 모르는 왕자는 밖에서도 왕자 행세입니다. 그런데 누구도 왕자를 알아주지 않습니다.

왕자는 글을 읽을 줄 모릅니다. 반면 지미는 글을 읽을 줄 압니다. 그래서 사람들은 오히려 지미가 왕자라고 생각합니다. 갑자기 유괴범이 둘을 데려가는데 그들 역시 이 둘을 바꿔서 생각합니다. 졸지에 둘은 역할을 바꿔 행세하게 됩니다.

유괴범에게서 도망친 뒤에도 둘은 바뀐 역할을 돌려놓지 않습니다. 오직 둘만 진실을 알 뿐이죠. 지미는 변덕스럽고 괴팍한 왕자가 성으로 돌아가면 자신에게 벌을 주리라 생각하고 어떻게든 벗어나려고 기회를 엿봅니다. 하지만 심성이 착해서 위기 때마다 왕자를 도와줍니다.

결국 왕자 역시 지미의 진심을 알고 감동합니다. 두 사람은 이제 왕자와 태동이 아닌 진정한 친구가 됩니다. 성으로 돌아온 둘은 우정을 확인하고, 왕도 달라진 왕자의 모습에 기뻐하면서 둘 사이를 진심으로 축복해 줍니다.

★**Reading Point** · 겉으로 보이는 모습이 그 사람의 전부를 말해 줄까?

'겉보다 속이 더 중요하다.'라고 하지요. 외모보다 마음이 더 예뻐야 한다고도 하고요. 그런데 진짜 그럴까요?

사람들은 잘생기고 예쁜 연예인을 좋아하고 동경합니다. 학교에서도,

잘생기고 예쁜 친구가 인기도 많습니다. 제가 어렸을 때는 깔끔하게 입고 다니는 게 중요했습니다. 후줄근하거나 더럽게 하고 다니는 친구는 놀림 감이 되었습니다. 같이 어울리려 하지 않고 도시락도 같이 먹으려고 하지 않았습니다. 다들 겉모습을 중시합니다.

학생들만 그런 게 아닌 모양입니다. 통계를 보면 키가 크고 첫인상이 좋은 사람이 더 높은 직책까지 올라갈 가능성이 높다고 합니다. 겉으로 보이는 게 전부가 아니라는 것을 우리는 잘 압니다. 그런데도 세상은 인종, 남녀, 빈부, 학력, 직업 등 겉으로 보이는 것으로 차별하지요.

차별은 나쁜 것이라고 하지만, 오늘날 차별은 오히려 점점 더 세밀화되는 것 같아 안타깝습니다. 작품 속 태동은 이젠 존재하지 않습니다. 그런데 매 맞는 아이들은 여전히 많습니다. 학교에서 친구들한테 맘에 들지 않는다는 이유로 맞는다는 얘기를 들으면 정말 놀라게 됩니다. 어떻게 누군가를 때릴 수 있을까요?

온실 속에서 자란 왕자는 매 맞는 지미의 마음을 헤아리지 못합니다. 지미가 맞는 것을 보면서 좋아하기까지 하지요. 그런데 현실을 경험하고 나서 왕자는 변합니다. 세상에서 보통 소년으로 산다는 게 쉽지 않다는 것을 깨달은 것이죠. 현실에서 누군가를 괴롭히는 아이들도 이런 방법으로 바꿀 수 있을까요?

① 옮긴이의 말을 잘 생각하며 읽어보자

② 지미가 도망치지 않은 이유는 무엇일까?

③ 현실의 문제와 비교하며 읽어보자

옮긴이는 묻습니다. '왕자와 태동은 무엇으로 구분되는 걸까?', '왕자와 태동은 친구가 될 수 있을까?', '지미는 왜 끝까지 망나니 왕자 곁에 남아 있을까?', '왕자가 커서 왕이 되면 나라를 잘 다스릴 수 있을까?' 질문에 답해가면서 작품을 읽어보기를 권합니다. 특히 첫 번째 질문, 즉 왕자와 태동이 무엇으로 구분되는지에 대해 잘 생각해 보기 바랍니다. 왕자는 왕의 아들입니다. 작품에 지미의 부모는 등장조차 하지 않죠. 왕자나 지미가 원해서 자기 부모에게 태어났을까요? 그런데도 부모의 조건에 따라 전혀 다른 인생을 살게 됩니다. 그 의미를 생각하며 읽어보기를 바랍니다.

지미가 왕자에게서 끝까지 도망치지 않은 이유가 무엇인지 곰곰이 생각해 보기를 바랍니다. 분명 얼마든지 도망칠 수 있습니다. 그런데도 그러지 않습니다. 왜 그랬을까 생각하며 읽어보기를 바랍니다.

작품은 해피엔딩입니다. 그런데 우리가 사는 현재라면, 과연 어떤 결과가 되었을지 생각하며 읽어보기를 바랍니다.

★Discussion · 생각하고 토론할 주제

- 세상, 학교, 학원, 가족 등에서 왕자와 지미 같은 구별이 있는 상황이 있을까요? 어떤 상황인지 생각해 보고 이야기해 봅시다. 그런 구별의 긍정적인 부분과 부정적인 부분에 대해서 생각해 봅시다.

- 왕자와 지미가 왕궁 밖으로 나오니 아무도 구별하지 못하게 됩니다. 본래 두 사람의 특성이 무엇이었으며, 성 밖에서는 그게 통하지 않게 된 이유를 생각해 봅시다.

- 자신이 생각하는 작품과 다른 결말이 있다면, 무엇인지 이야기해 보고 왜 그렇게 생각했는지 이유도 생각해 봅시다.

BOOK 28

2014년 뉴베리 아너상 수상작
나는 말하기 좋아하는 말더듬이입니다

빈스 바터 | 푸른숲주니어

《Paperboy》| Vince Vawter | Yearling

Age 12-14

Reading Level ★★★☆☆

60년간 말더듬이로 즐겁게 살아온 작가의 자전적 이야기

★ *Author Story* · 작가 이야기

작가는 미국 테네시주 멤피스에서 태어납니다. 아주 어릴 때부터 말을 더듬었기에 그 경험을 바탕으로 이 작품을 썼다고 합니다. 작품에서 주인공은 말하는 것보다 글 쓰는 게 낫다고 하는데, 실제 작가도 글쓰기를 잘해서 평생을 신문사에서 일합니다.

루이지애나 주립대학교에서 공부하고 멤피스 대학교와 테네시 대학교 등에서도 공부했습니다. 신문사 스포츠기자로 시작해 후지어주 신문협회(Hoosier State Press Association) 회장으로 일하기도 합니다. 에반스빌(Evansville) 신문사 발행인으로 은퇴할 때까지 40년간 기자와 일러스트레이터로도 활동합니다. 은퇴 후에는 전국의 학교, 도서관, 교육 단체 등에서 작품 관련 강연을 하며 지내고 있습니다.

평생 말더듬증을 고치지 못했지만 극복하려고 노력했고 침울하지 않고 즐겁게 살아간 자신의 이야기를 이 작품에 담았고, 2014년에 뉴베리 아너상을 받았습니다.

★ Story Review · 책 속으로

말을 심하게 더듬는 소년 빅터가 있습니다. 자기 이름을 말할 때조차 심하게 더듬는 바람에 움츠러듭니다. 하지만 누구보다 공을 빠르게 던질 수 있고, 글도 제법 잘 씁니다.

소년은 꽤 부유한 집의 외동아들로, 부모는 누구보다 그를 사랑합니다. 엄마처럼 아껴주는 흑인 가정부 맘도 있습니다. 사실 흑인 가정부 이름은 넬리이지만 빅터가 발음하기 쉽지 않아 맘이라고 부르는 것입니다. 그리고 많진 않아도 친구들 역시 빅터를 좋아합니다.

동네에서 신문 배달 하던 친구가 여행을 가게 되면서 빅터에게 신문 배달과 수금을 부탁합니다. 처음엔 말더듬증 때문에 망설이지만 용기를 내서 시작하게 되지요. 신문 배달하면서 빅터는 여러 어른을 만나게 됩니다.

너무 아름다워서 혼자서 좋아하게 된 워싱턴 아줌마, 말을 더듬는 빅터를 '전령'이라고 부르면서 인격적으로 대하는 스피로 아저씨, 빅터의 물건을 훔쳐 가는 나쁜 아라티 아저씨…. 4주라는 짧은 기간이었지만 빅터는 최고의 경험을 하게 됩니다.

아름다운 워싱턴 아줌마는 빅터에게 잘해 주지만 어딘지 모르게 힘들어 보입니다. 술을 마실 때가 많고, 수금하러 가면 만나기가 어렵습니다. 빅터는 워싱턴 아줌마를 '가장 예쁜 여자이면서 가장 슬픈 여자'라고 생각합니다. 그리고 좋아하는 워싱턴 아줌마에게 말을 길게 하고 싶어서 열심히 발음 연습을 합니다.

스피로 아저씨는 빅터 인생에서 가장 본받을 만한 어른입니다. 빅터를 말더듬이라고 놀리지 않고 신의 전령이라고 말해 줍니다. 말을 더듬는 걸 이상하게 보거나 지적하지도 않고, 오히려 빅터가 잘하는 다른 것을 찾아 칭찬해 줍니다. 빅터에게 적절한 미션을 주고 잘하면 상도 주면서 어른다운 모습을 보입니다. 빅터는 생각합니다. '어른들은 대개 남이 잘 모르는 내용을 설명할 때 자기가 똑똑하다는 티를 내려고 안달한다. 하지만 스피로 아저씨한테는 그런 느낌이 전혀 들지 않았다. 얘기를 나눌수록 더 많은 것이 알고 싶어졌다.'

아라티 아저씨는 정반대의 어른입니다. 빅터가 선물 받은 칼을 가져가고 수금한 돈까지 훔칩니다. 맘 아줌마를 데리고 빼앗긴 걸 찾으러 가자, 오히려 폭력을 행사합니다. 자기도 흑인이면서 흑인 가정부 맘을 깔봅니다.

작품은 이제 결말을 향해 갑니다. 빅터는 자신의 이름을 누구보다 자신 있게 밝힙니다. "나는 빅터 볼머 3세야!" 그러면서 모두가 같은 학교에 다닐 정도로 똑같은데, 왜 사람들은 겉모습만 보고 판단하는지 이해할 수 없다고 말합니다. 마침내 말더듬이라는 열등감을 떨쳐내고 말합니다. "중요한 건 뭘 말하느냐야. 어떻게 말하느냐가 아니라!"

★Reading Point · 엄청 느리고 웃기고 더듬거려도 끝까지 말한다!

누구나 자신만의 콤플렉스가 있습니다. 남들 눈에도 잘 보이는 것이 있고, 남들은 알아차리지 못하는데 자기 혼자 부끄러워하는 것도 있습니다. 사람들은 콤플렉스에 어떻게 대처할까요? 대부분 감추려고 노력합니다. 남의 눈에 띄지 않으면 덜 부끄러워질 것이라고 믿으면서.

그런데 감추면 감출수록 어떻게 될까요? 내면의 콤플렉스는 줄어들지 않고 자꾸만 커집니다. 처음에는 별것 아니던 것이 감추고 부끄러워하면 할수록 더욱 도드라지기도 합니다. 그것이 콤플렉스의 특징이기 때문입니다.

작품의 주인공 빅터는 자기 이름조차 제대로 발음하지 못합니다. 그래서 책의 처음부터 자신이 지금 말하는 게 아니라 타자기로 글을 쓰고 있다고 강조하지요. 말하는 것보다 타자 치는 편이 더 빠르고 이해시키기 편하기 때문입니다. 친구도 있고 가정부 맘도 있고 부모도 있지만, 빅터의 가슴 한쪽은 어딘가 허전합니다. 자신감 있게 나서지 못하는 자신이 맘에 안 들기 때문입니다.

　빅터는 생각합니다. '눈 두 개에 팔 두 개, 다리 두 개, 짧게 깎은 머리. 나는 정말로 평범하다. 첫눈에는 나도 그저 평범한 아이일 뿐인데 입을 여는 순간 다른 존재로 변해버린다. 그래서 낯선 사람과는 이야기를 나누고 싶지 않다. 그들은 대부분 내 입장에 대해서는 눈곱만치도 생각해 보지 않고 그냥 좀 모자란 아이겠거니 하고 어서 꺼져 주길 바란다.'

　이렇듯 내면의 콤플렉스에 시달리던 빅터는 친구의 부탁으로 신문 배달을 하고 다양한 사람들을 만나면서 많은 것을 배웁니다. 무엇보다 관계를 맺고 자신을 보여주고 솔직히 대화하는 것이 얼마나 중요한지 깨닫지요. 나를 이해해 주는 사람을 만나면 콤플렉스 따위는 아무것도 아니라는 것을 알게 됩니다.

　또한 단점이 있다면 그것을 만회하기 위해 더 열심히 노력해야 한다는 것도 깨닫습니다. 빅터가 수금하러 갈 때마다 TV만 보고 있던 폴이라는 아이가 있습니다. 빅터는 TV만 보고 있는 아이에게 'TV보이'라는 별명을 지어주지요. 그런데 알고 보니 폴은 청각 장애인이고 소리 대신 입술 모양을 보고 상대방의 말을 이해하는 '독순술'을 익히기 위해 열심히 TV를 보던 것이었습니다.

　빅터는 이제 맘에게 자신 있게 말합니다.

"학교는 어땠어?"

"조-좋았어. 오늘 뭘 아-알았는지 마-말해 줄까?"

"뭔데?"

"주-중요한 건 뭘 마-말하느냐야. 어-어떻게 말하느냐가 아-아니라."

"맞았어, 작은 신사."

"그-그리고 내 영혼은 말을 아-안 더듬어."

★How to read

① 남과 달라서 어려움을 겪는 이들을 생각하며 읽어보자

② 콤플렉스를 극복하는 진짜 좋은 방법이 무엇일까?

③ 본받고 싶은 어른이 된다는 것에 대해 생각하며 읽어보자

주변을 보면 몸이 불편하거나 시각이나 청각에 어려움이 있거나 성장이 느린 친구가 있습니다. 정도의 차이가 있지만 저마다의 불편함과 어려움이 있을 것입니다. 다른 것은 맞지만 그것이 틀린 것은 아니지요. 빅터와 대화하는 이들 역시 답답함을 느낍니다. '왜 저럴까?' 이해가 가지 않기 때문입니다. 하지만 이 책을 읽고 빅터의 마음을 알고 나면 마음이 달라질 것입니다. 그들을 위해 무엇을 배려할 수 있을지 생각하며 읽어보기를 바랍니다.

누구나 자기만의 콤플렉스가 있을 것입니다. 자신에게는 그게 아주 크게 느껴집니다. 자신의 콤플렉스와 빅터의 말더듬증을 비교하며 책을 읽는다면, 나만의 콤플렉스를 극복할 방법이 떠오를 것입니다.

작품은 어른의 역할이 얼마나 중요한지 보여줍니다. 아이를 낙담시킬 수도 있고, 긍정적인 사람으로 성장시킬 수도 있습니다. 그만큼 아이들한

테는 영향력이 크지요. 이 작품은 부모에게는 자신이 어떤 어른인지 되돌아볼 수 있고, 아이에게는 앞으로 어떤 어른이 될지 깊이 생각해 보는 기회를 줄 것입니다.

★Discussion · 생각하고 토론할 주제

• 남과 다른 사람들을 배려하는 문화가 우리 사회에 잘 정착되어 있을까요? 부족하다면 어떤 면에서 어떤 것을 개선할 수 있을지 생각해 봅시다.

• 주변의 바람직한 어른의 모습을 떠올리고 어떤 사람인지 소개해 봅시다. 반대로 바람직하지 않은 어른이 있다면, 왜 그렇게 생각하는지도 정리해 봅시다.

• 작가는 평생 말더듬증을 겪었지만 자기가 잘하는 글쓰기로 기자로 활동하며 책도 씁니다. 지금은 전국을 돌아다니며 강연과 토론을 한다고 해요. 각자의 단점은 무엇이며 그것을 극복할 방법, 혹은 다른 것으로 보완할 방법에 대해 생각해 봅시다.

BOOK 29

2022년 수상작
마지막 이야기 전달자

도나 바르바 이게라 | 위즈덤하우스

《The Last Cuentista》| Donna Barba Higuera | Levine Querido

Age 14-

Reading Level ★ ★ ★ ★ ★

380년 뒤 새로운 행성에서 눈뜨다,
라틴 문화를 담은 SF 명작

★ *Author Story* · 작가 이야기

작가는 미국 캘리포니아에서 자랐고 지금은 가족들과 강아지 세 마리, 개
구리 두 마리와 워싱턴주에 살고 있습니다. 작가가 어린 시절을 보낸 곳
은 농업과 유전으로 유명한 캘리포니아 중부 사막지대의 작은 마을로, 어
릴 때부터 책을 좋아하고 열심히 읽었다고 합니다. 특히 <u>으스스한 이야기</u>

를 지어내기 위해서 공동묘지에 찾아가서 묘비를 훑어보곤 했다니 독특한 어린이였던 것 같습니다.

주로 이상하거나 무서운 상황을 맞은 아이들, 재밌지만 슬프고 마법 같은 이야기를 좋아합니다. 멕시코 조상을 둔 작가의 책은 언어와 문화적 차이, 혼혈 같은 관련한 주제를 다루기도 합니다.

자기 경험에 민족적 특징을 섞어서 글을 쓰며, 상상력이 가득한 작가의 책은 첫 작품부터 많은 이들의 사랑을 받았습니다. 작가의 첫 책인 《루페 윙은 춤추지 않아(Lupe Wong Won't Dance)》로 푸라 벨프레 명예상을 받았고, 두 번째 책인 이 작품으로 2022년 뉴베리상 메달과 푸라 벨프레 대상을 받았습니다.

★ Story Review · 책 속으로

이 책의 원제 중 쿠엔티스타(Cuentista)는 스페인어로 쿠엔토(Cuento), 즉 옛날이야기를 들려주는 사람을 의미합니다. 영어로 하면 스토리텔러(Storyteller)라고 할 수 있겠지요. 우리말로 이야기꾼이고요.

2061년, 페트라는 핼리 혜성이 지구와 충돌하기 직전 우주로 탈출하게 된 가족의 일원입니다. 모든 걸 남겨두고 떠나야 했지요. 심지어 사랑하는 할머니조차 지구에 남겨둘 수밖에 없었습니다. 몇백 년 동안 항해하기에 우주선 안의 사람들은 전부 동면에 들어갑니다.

마침내 우주선은 새로운 행성 세이건에 도착하고, 페트라도 잠에서 깨어 눈을 뜹니다. 시간은 380여 년이 흘러 2442년이 되었습니다. 그런데 페트라 곁에는 엄마도 아빠도 동생 하비에르도 없습니다. 또한 이상하게도 페트라 빼고는 모두 기억이 지워져 있습니다.

우주선은 사령관과 인공지능 콜렉티브의 지배를 받고 있습니다. 원래 자기 이름이 뭐였는지 기억하지 못하기에 저마다 제타1, 제타2 등 번호로 불립니다.

유일하게 기억이 있는 페트라는 자신도 기억을 잃어버린 척 연기하면서, 우주선의 비밀을 하나씩 파헤쳐 갑니다. 그러면서 부모는 콜렉티브가 죽였고 동생 하비에르는 훨씬 먼저 깨어나 나이 든 모습으로 사령관 밑에서 일하고 있다는 걸 알게 됩니다. 동생에게 자기 존재를 알리려 하지만, 하비에르는 누나를 알아보지 못합니다.

인공지능 콜렉티브는 말합니다. "불일치와 불평등이 우리를 불안과 불행으로 이끌었다. 단합해 하나의 집단으로 뭉치려는 노력이 우리의 생존을 보장한다!" 이는 새로운 행성의 원칙이 되어 모두 자기를 버리고 명령에만 복종하며 살아가야 합니다. 생존을 위해 자유를 없애버린 것입니다.

하지만 기억이 남아 있는 페트라는 그것이 잘못되었다는 것을 알기에 사령관과 콜렉티브에 저항합니다. 혼자서 할 수 없자 친구를 만들고, 머릿속으로는 어린 시절 계속 옛날이야기를 들려주셨던 '리타 할머니'의 말을 떠올립니다.

하지만 막강한 사령관에게 대항하기란 쉽지 않습니다. 페트라는 붙잡혀 기억을 지우는 재프로그래밍에 들어갑니다. 그런데 프로그래밍을 시작하기 전에 동생 하비에르에게 '사랑한다.'라고 말하자 하비에르가 각성

해서 누나를 구출합니다. 누나와 함께 아직 희망이 남은 어린 세대를 탈출시키려 하지요. 페트라는 동생도 데려가고 싶지만, 하비에르는 아직 우주선에 할 일이 남았다고 말합니다. "만약 내 여정의 이 작은 부분으로 인해 다른 모두가 기회를 얻을 수 있다면 우리 부모님과 조상들은 자랑스러워할 거야. 잘 가, 페트라. 나도 사랑해."

무사히 탈출한 페트라와 어린 세대는 새로운 곳에서 새로운 이야기를 써나갈 것입니다.

★ **Reading Point** · 생존을 위해서 자유를 버려야만 한다면?

우리가 충분히 상상할 만한 가까운 미래입니다. 지구는 오염되었고 혜성과 충돌해 멸망하게 생겼습니다. 아주 적은 인원만 탈출할 수 있습니다. 과학자나 미래 인류에 이바지할 수 있는 사람만 선택됩니다. 주인공 페트라와 동생 하비에르는 각각 식물학자와 지질학자인 부모 덕택으로 우주선에 탈 수 있었습니다. 우주선이 새 행성으로 가는 동안 부모의 지식을 뇌에 주입받습니다. 동면에서 깨어나자마자 곧바로 임무를 수행할 수 있도록 말입니다.

작품은 기억이라는 개념을 불러내서 '차이를 존중하는 자유로운 사회'와 '모두가 똑같아야 한다는 콜렉티브의 평등 사회'를 비교합니다. 우리는 모두 각자의 기억을 간직하고 삽니다. 주인공 페트라 역시 할머니에게서 들은 옛날이야기(쿠엔토)를 비롯해 자신만의 소중한 기억이 있습니다. 하지만 콜렉티브는 평등을 위해 기억을 없애고 개성을 말살해야 한다고 주장합니다.

그런데 그것이 진짜 평등일까요? 평등이 아니라 획일화이고, 어색한 일치일 뿐입니다. 사람을 이름이 아닌 번호로 부르고 모두가 명령에 복종해야 하는 것 역시 획일화지요. 획일화는 평등이 아닙니다.

콜렉티브는 모두에게 똑같은 목적을 위해 살라고 강요합니다. 목적은 단 하나, 생존입니다. 살아남기 위해 자유를 버리고 개성을 버리고 기억을 버리라고 말합니다. 소중한 사람들을 지구에 버리고 올 수밖에 없었던 것처럼 말입니다. 콜렉티브의 영어 'Collective'는 집단의 가치만을 중시한다는 의미입니다. 집단을 위해 개인의 특성은 지우고 모두를 똑같이 만들어 버리는 프로그램입니다.

작품에는 왕자를 구하는 공주 블랑카플로르가 나오는 멕시코 옛날이야기, 꿈을 갖고 힘든 상황을 헤쳐 나가는 이주자들의 이야기를 담은 유이 모랄레스(Yuyi Morales)의 《꿈을 찾는 도서관(Dreamers)》등 여러 이야기가 소개됩니다. 이야기와 이야기를 담고 있는 기억이야말로 인간을 인간답게 만들어 주는 것이고, 어떤 상황에서도 절대 잃어버려서는 안 될 소중한 보물이기 때문입니다.

페트라는 무기 대신 할머니가 들려준 옛날이야기로 힘을 얻습니다. 또한 우주선에서 태어난 어린 세대들에게도 똑같이 추억과 기억을 만들어주려 노력합니다. 그것만이 인간답게 사는 길이기 때문입니다.

① 생각할 주제가 많은 SF 소설로 여러 번 읽어보자

② 기억의 의미에 대해 생각하며 읽어보자

③ 시간의 축적에 대해 생각하며 읽어보자

흥미진진한 SF 소설이며 깊이 생각할 주제가 많습니다. 꽤 진지하고 무거운 주제도 있어 한 번만 읽지 말고 나중에 시간이 흐른 뒤에 다시 읽기를 추천합니다. 부모도 자녀와 같이 읽으면 좋겠습니다.

작품은 228페이지에서 소개할 《기억 전달자》의 메아리 같은 책이라는 평가를 받습니다. 《기억 전달자》는 모두의 기억을 오직 한 명에게 맡기고 다른 사람은 평온하게 살아가는 이야기입니다. 이 작품은 기억을 모두 없애면 평등해진다고 믿는 이들의 이야기이고요. 두 작품을 비교하면서 읽어보기를 추천합니다.

시간에 대해 생각하며 읽기를 권합니다. 작품에서 콜렉티브와 사령관은 과거를 지우면 모두가 똑같이 살 수 있다고 생각합니다. 그런데 과거를 완전히 지우고 세상이 발전할 수 있을까요? 높은 빌딩을 지을 때도 기초부터 쌓아야 안전하게 세울 수 있습니다. 과거가 없다면 현재와 미래가 존재하기 힘들지 않을까요?

• 작품에는 이런 말이 나옵니다. "과거와 조상과 문화를 존중하고 우리가 저지른 실수를 기억함으로써 더 나아진다는 것을 콜렉티브는 이해하지 못한다." 이 말이 무슨 의미일지 생각해 봅시다.

• 완전한 평등을 꿈꾼 사회와 국가가 있었고 그런 세상을 표현한 토머스 모어(Sir Thomas More)의 《유토피아(UTOPIA)》 같은 작품도 있습니다. 그런데 그런 사회는 실패할 수밖에 없었지요. 왜 그런지 생각해 봅시다.

• 모든 기억이 사라졌다고 상상해 봅시다. 부모, 친구, 선생님, 학교… 아무것도 생각나는 게 없습니다. 다른 사람도 똑같은 상황입니다. 그런 상황에서 가장 먼저 무엇을 해야 할지 생각해 봅시다.

• BOOK 30 •

2023년 수상작
프리워터

아미나 루크먼 도슨 | 밝은미래

《Freewater》 | Amina Luqman-Dawson | Jimmy Patterson

Age 11-

Reading Level ★★★★★

실제 역사를 바탕으로 쓴
자유, 용기, 가족애에 관한 모험 이야기

★*Author Story* · 작가 이야기

작가는 뉴욕에서 태어나서 자랐습니다. 어린 시절부터 글쓰기를 좋아했지만 작가가 된다는 생각은 하지 않았다고 하네요. 바르사 대학교에서 정치학을 공부하고, UC 버클리 대학원에서 공공 정책을 공부했으니, 문학과는 거리가 있었습니다.

하지만 그런 학문을 공부하면서 세상이 어떻게 돌아가는지 알게 됐고, 더 좋은 세상을 만들기 위해서 무엇을 하면 될지 배웠다고 합니다. 글쓰기는 늘 하고 싶던 일이고, 결국 성장하는 아이들을 위한 책을 쓰기로 합니다. 세상을 변화시킬 힘은 아이들에게서 나온다는 믿음이 때문인 듯합니다.

작가는 독자들이 여러 인종, 문화, 지역 사회에 관심을 두고 이해하길 바라면서, 신문, 잡지, 여행 글, 서평 등 다양한 글을 씁니다. 2009년 아프리카계 미국인에게 진보 역사의 대표적인 도시인 피츠버그를 다룬《미국의 초상: 피터즈버그의 흑인들(Images of America: African Americans of Petersburg)》이라는 화보도 출판합니다. 2022년에 나온 이 첫 소설 작품으로 2023년 뉴베리상 메달을 받습니다.

★ Story Review · 책 속으로

작품에는 두 개의 공간이 나옵니다. 서덜랜드는 흑인 노예가 일하는 농장이고, 프리워터는 노예들이 탈출해서 만든 그들만의 자유 마을입니다. 서덜랜드에서 탈출한 호머와 동생 에이다는 숲을 헤맵니다. 추적자에게 잡히기 직전 프리워터 파수꾼 술래먼의 도움으로 위기에서 벗어날 수 있었고, 마침내 프리워터에 도착하지요.

하지만 함께 탈출하던 엄마는 도로 잡혀갔고 살았는지 죽었는지조차 알 수 없습니다. 프리워터에는 또래들이 여럿 사는데 산지, 빌리, 퍼디낸드, 주나 등 모두 개성이 강한 친구들입니다. 그리고 저마다 자기만의 아품도 있지요.

서덜랜드에서 노예로 사는 동안 호머는 사람들로부터 '없는 존재', '투명 인간'으로 살라고 강요받습니다. 친구인 노예 애나 역시 그랬습니다. 애나는 여기저기 팔려 다니다가 결국 서덜랜드까지 오게 되었습니다. 시키는 일은 순순히 하는데 고양이 눈을 한 여자아이의 어떤 기운을 주인들이 싫어했기 때문입니다. 함께 팔려 갈 가족도 없어 외로웠던 애나는 호머와 친구가 되면서 겨우 조금씩 밝아집니다.

이곳 프리워터에 사는 아이들 역시 전부 사연이 있습니다. 빌리는 호머처럼 어렵게 탈출해서 이곳으로 오게 됩니다. 처음 물가에 다다라서 자유의 물을 건네받았을 때 빌리는 가슴이 벅차 울음을 터뜨립니다. 퍼디낸드 역시 도망친 노예로 다른 아이들과 어떻게 관계를 맺어야 할지 몰라 괴로워합니다. 날 때부터 프리워터 주민이었던 산지와 주나는 도망친 노예 친구들의 행동과 어투를 이해하지 못합니다. 호머와 에이다 역시 프리워터의 자유가 처음에는 어색하고 신기합니다. 그러나 결국 적응해 이전과 다른 자유로운 모습으로 변화합니다.

프리워터는 안전하지만, 잡혀간 엄마와 친구 애나가 너무도 그립습니다. 결국 호머는 그들을 구출할 계획을 세웁니다. 그리고 혼자 실행에 옮길 수 없어서 프리워터 아이들에게도 도움을 청합니다. 어른들한테는 비밀로 하고요. 말릴 게 분명하기 때문입니다. 결국 아이들은 어둠이 내린 뒤에야 서덜랜드로 갑니다.

마침 서덜랜드는 주인집 큰딸 결혼식 준비로 바쁩니다. 기회를 틈타 애나도 탈출하려 했지요. 결혼식 날 마실 술에 잠이 오는 약을 만들어 넣기로 결심하고 실행하는 데 성공합니다. 한편 서덜랜드 주인집 둘째 딸 노라는 흑인들을 학대하는 집안 분위기에 실망하고, 특히 탈출했다가 잡혀온 로즈를 고문하고 인간이 아닌 존재로 대하는 데 큰 충격을 받습니다. 노라는 흑인을 도와주기로 마음먹고 특히 탈출하려는 애나를 도와주게 됩니다.

이윽고 결혼식 날, 프리워터 아이들은 각자 맡은 바를 실행합니다. 그런데 모든 게 순조롭게 진행된 것은 아닙니다. 퍼디낸드와 산지가 백인과 만나서 혈투를 벌이고, 호머도 이전 관리자를 만나 치열하게 싸웁니다. 그러나 어른들을 당해낼 수 없어 점차 밀리면서 결국 모두가 붙잡힐 위기를 맞게 됩니다.

그때 술래먼이 불화살을 쏴서 결혼식장을 불바다로 만들고, 애나의 수면제도 약효를 발휘하면서 사람들은 모두 정신을 잃게 됩니다. 혼란을 틈타 프리워터 아이들과 호머의 엄마, 애나 등은 무사히 탈출하게 됩니다.

자유를 맛본 뒤 결코 다시는 노예의 삶으로 돌아갈 수 없게 된 호머는 말합니다. "자유가 가져다주는 빛의 소중함을 잃기 전에는 모른다. 내 주위에 멋진 옷과 꽃, 예쁜 선물이 가득했지만, 나는 무덤으로 걸어 들어가는 기분이었다. … 내 몸이 바라는 것은 자유뿐이었다."

★**Reading Point** · 구속된 노예와 자유인으로서 흘리는 땀은 냄새마저 다르다!

2023년에 뉴베리상 메달을 받은 작품입니다. 미국 남북전쟁 이전 흑인 노예의 비참한 삶을 다룹니다. 200년 전 이야기를 상상과 실제를 섞어 써 내려 갑니다. 2023년에 왜 노예 이야기이며, 이 작품에 뉴베리상을 준 이유는 무엇일까요?

노벨문학상은 세계 최고의 문학상이라고 평가받습니다. 2021년 수상자는 탄자니아 출신 작가인 압둘라자크 구르나(Abdulrazak Gurnah)로 난민의 역사를 주로 다룹니다. 난민 대다수는 흑인이고요. 이렇듯 노벨문학상 수상자가 다룬 흑인의 역사와 뉴베리상 수상자가 다룬 흑인의 역사에는 공통점이 있습니다.

'과거에서 배우지 못하면 과거를 되풀이한다.'라는 말이 있습니다. 어려운 상황을 겪은 이들이 그것에서 깨달음을 얻지 못한다면, 언제든 똑같은 상황에 놓일 수 있다는 말입니다. 프리워터의 시대는 벌써 200년도 다 되어 가는 옛날입니다. 그 시대 사람은 모두 죽었습니다. 그렇지만 누군가는 과거 이야기를 들려줘야 합니다. 조상에게서 들은 이야기, 그들이 경험했던 이야기를 생생하게 다음 세대에게 전달해 줘야 합니다. 자유와 평등을 위해 얼마나 큰 희생을 치렀는지 알아야, 현재 누리는 자유와 평등의 소중함을 깨닫습니다.

작품 속 '프리워터'는 실제 있었던 도망 노예 마을을 모델로 했습니다. 작가는 역사 속 자유 흑인 마을에 대해 이렇게 설명합니다. "카리브해와 중앙아메리카, 남아메리카 지역에서도 어린 노예들이 도망쳐 탈주 노예 공동체를 만들었다. 그중 아주 잘 지켜지고 보호되어 오늘날까지 존재하는 마을도 있다. 자메이카 동부 고지대의 탈주 노예 공동체인 무어 타운은 워낙 크고 막강해 전투까지 벌일 정도였다. 영국 정부는 싸움 끝에 조약을 맺고 무어 타운에 자치권을 주었다."

작품에는 이런 구절이 나옵니다. "프리워터의 일을 배우고 있구나. 땀이 나는 건 예전과 다름없지만, 땀 냄새는 더 향긋하다고들 하지." 노예가 되어 시키는 일을 하며 흘리는 땀은 냄새마저 고약합니다. 내키지 않는데도 억지로 하는 일이고, 내일의 희망이 없는 일이고, 노동을 통해 얻는 가치가 전혀 나에게 돌아오지 않는 일입니다. 누구라도 자신의 권리를 빼앗기고 남에게 짓밟힐 수 있습니다. 그런 상황이 오면 어떻게 저항해야 하고 주변 사람은 어떻게 도와야 할지 생각하며 책을 읽으면 좋겠습니다.

★ How to read

① 장마다 바뀌는 관점을 이해하며 읽어보자

② 자유인인 우리가 프리워터가 아닌 서덜랜드에서 산다면?

③ 자유와 평등이 얼마나 중요한지 생각하며 읽어보자

작품은 독특하게도 장이 바뀔 때마다 각기 다른 인물의 일인칭 시점으로 서술됩니다. 호머, 산지, 빌리, 애나, 노라… 각자의 관점에서 상황을 바라봅니다. 여러 인물의 시점으로 전개되므로, 줄거리를 놓치지 않도록 주의해야 합니다. 그들은 자유로운 프리워터에 살지만 저마다 상처가 있지요. 그들은 어떻게 하나로 뭉칠 수 있게 되었을까요?

작품은 두 개의 세상을 다룹니다. 자유인인 우리가 어느 날 갑자기 서덜랜드의 노예가 된다면? 이렇듯 작품 속 서덜랜드에서 고통받고 착취당하는 흑인 노예들에게 감정이입을 하며 읽어보는 것도 도움이 됩니다.

프리워터에 도착했지만 결국 아이들은 위험을 무릅쓰고 다른 사람을 구출하러 서덜랜드로 돌아갑니다. 목숨을 걸고 행동할 만큼 자유와 평등이 중요한 가치인지, 어떻게 그런 용기가 날 수 있는지 생각하면서 읽어보기를 권합니다.

★Discussion · 생각하고 토론할 주제

- 서덜랜드 주인집에는 두 딸이 있습니다. 언니 바이올라와 동생 노라는 너무나 다릅니다. 특히 요리사 로즈를 대하는 태도가 완전히 다르죠. 둘 다 어렸을 땐 로즈를 따르고 좋아했지만, 언니는 커가면서 로즈를 노예 취급하고 노라는 여전히 로즈를 좋아합니다. 같은 환경에서 자라도 성격과 생각이 다른 이유가 무엇일까요?

- 프리워터는 흑인 노예가 탈출해 살았던 실존했던 장소라고 합니다. 역사적 사실을 바탕으로 작품을 쓴 것이지요. 작가가 거의 200년 전 이야기를 다시 불러낸 이유가 무엇일지 곰곰이 생각해 봅시다.

- 우리 역시 우리나라 역사에 대해 속속들이 잘 알지 못합니다. 틈틈이 검색이나 독서를 통해서 역사를 공부하고 잊지 말아야 할 부분을 정리해 보세요. 그렇게 해야 하는 이유에 대해서도 생각해 봅시다.

◆ 6부 ◆

Newbery Medal Theme 6

Fantasy and Future Imagination

판타지와 상상력
미래 사회를 향한 자유로운 꿈

아동문학에서는 판타지와 상상력이 필수입니다. 현실에는 일어나지 않는 일도 상상 속에서는 얼마든지 가능합니다. 판타지는 작품을 흥미롭게 만들고 현재, 미래, 과거를 자유롭게 넘나들게 합니다.

첫째, 뉴베리상 수상작은 허무맹랑한 얘기가 아니라 있을 법한 상상력과 판타지를 통해 미래 사회의 단면을 엿볼 수 있게 합니다.

둘째, 판타지 속 주인공은 여러 역경을 이겨내고 다른 이들과 힘을 합하고 주어진 과제를 해냄으로써 성취를 이룹니다. 독자 역시 그 성취감을 함께 만끽하면서 나라면 어떻게 해야 할지 생각하게 됩니다.

셋째, 판타지와 상상력을 통해 우리가 만들어 가야 할 미래에 대해 진지하게 고민할 수 있습니다. 앞으로 사회 문제가 될 수 있는 인공지능, 복제인간, 로봇, 과학 기술, 우주 개발 등의 주제를 미리 만나면서 자신이 살아갈 미래 모습을 다양하게 그려볼 수 있습니다.

· BOOK 31 ·

2003년 뉴베리 아너상 수상작
전갈의 아이

낸시 파머 | 비룡소

《 *The House of the Scorpion* 》 | *Nancy Farmer* | *Atheneum Books*

Age 13-

Reading Level ★ ★ ★ ★ ★

장기를 제공하기 위해 만들어진
복제인간도 존엄성이 있을까?

★ *Author Story* · 작가 이야기

작가는 미국 애리조나주 피닉스에서 태어납니다. 수년 동안 아프리카에서 살면서 정신세계와 문화에 흠뻑 빠집니다. 아프리카 관련한 내용이 작품에 많이 담겨있지요. 1963년 리르 칼리지에서 문학을 공부하고, UC 버클리에서 화학과 곤충학을 공부합니다. 공부한 내용을 바탕으로 이 작품을 더 실제처럼 쓸 수 있었다고 합니다. 공부하면서도 틈틈이 평화 봉사단에 참가하고, 1975년부터 1978년까지는 모잠비크와 짐바브웨에서 생물학을 연구합니다.

작가는 뉴베리 아너상을 세 번이나 받았습니다. 아프리카 정신세계와 미래 기계 문명의 충돌을 다룬 《사라진 도시 사라진 아이들(The Ear, the Eye and the Arm)》로 1995년에, 가족의 경험을 쓴 《아프리카 소녀 나모(A Girl Named Disaster)》로 1997년에, 끝으로 이 작품으로 2003년에 받게 되지요. 특히 미래를 다룬 공상과학 소설로 유명합니다.

★Story Review · 책 속으로

주인공 마트는 클론(복제인간)입니다. '엘 파트론', 즉 대부라는 별명을 가진 마약왕 마테오 알라크란을 위한 복제인간이지요. 어린 시절 어렵게 산 엘 파트론은 아편 장사로 엄청난 부를 이룹니다. 그의 왕국은 멕시코와 미국 국경 사이 커다란 띠 모양으로 되어 있는데 양귀비밭이 끝없이 이어져 있습니다. 부와 권력을 영원히 누리기 위해 자기 몸을 갈아 끼울 마트를 만들어 낸 것입니다. 마트 이전에도 수많은 복제인간을 이용해 140세가 넘도록 살 수 있었습니다.

마트 주변에는 그를 진짜 인간으로 대해주는 사람도 있습니다. 마트는 예술적 재능도 있고 슬픔도 알고 사랑도 느끼는 하나의 사람입니다. 원래 복제인간은 공부할 수 없지만, 마트는 혼자서 통신 교육을 받으며 다른 아이들보다 10년이나 앞선 공부를 해냅니다. 그런 마트를 보모이자 요리

사 셀리아, 경호원 탬 린, 유일한 친구 마리아가 지켜줍니다.

어느덧 엘 파트론에게 장기를 줘야 하는 14세가 다가옵니다. 그때가 되면 마트는 어쩔 수 없이 죽어야 합니다. 그런데 갑작스레 엘 파트론이 심장마비를 일으키고, 혼란한 틈을 타 사람들은 마트를 탈출시킵니다. 그러나 겨우 마약 왕국을 빠져나온 마트는 멕시코 국경 수비대에 의해 강제 노역소로 보내지고 맙니다. 평등이라는 명목으로 모두가 똑같이 힘들고 똑같이 배고픈 곳입니다. 마트는 그곳에서도 참지 않고 저항합니다. 그리고 결국 탈출하게 됩니다.

마트는 끝내 자신을 도와준 친구이자 연인 마리아와 다시 만납니다. 마리아의 엄마가 복제인간의 권리를 위해 활동하는 운동가인 것도 알게 됩니다. 마트가 사라져서 마약 왕국의 주인 엘 파트론은 그만 죽고 맙니다. 그러자 왕국이 제대로 운영되질 않습니다. 엘 파트론의 유전자 정보가 있어야 작동하게 돼 있었거든요.

이제 마트가 세상에 하나 남은 엘 파트론입니다. 진짜가 사라진 세상에서 복제인간 마트가 주인이 됐습니다. 하지만 마트는 돈과 권력을 위해 나쁜 짓을 하고 싶지 않습니다. 마트는 진짜 엘 파트론이 만든 악의 왕국을 무너뜨리기로 결심합니다.

★**Reading Point** · 우리 미래는 유토피아인가 디스토피아인가?

작품의 배경은 가까운 미래, 인간을 복제할 수 있고 하늘에 호버크라프트가 날아다니는 시대입니다. 복제인간을 만드는 것이 일반화되었는데, 그들은 질병을 치료하고 장기를 공급하기 위한 도구일 뿐입니다. 세포 하나를 시험관에서 키우다가 암소 자궁에서 자라게 합니다. 살아 있는 사람의 머리에 컴퓨터 칩을 넣어서 명령만 따르는 인간 로봇을 만들어 내기도 합니다.

흔히 미래를 얘기할 때 유토피아와 디스토피아라는 말을 합니다. 유토피아는 모든 게 이상대로 구현된 천국 같은 미래입니다. 디스토피아(dystopia)는 탐욕과 혼돈으로 인해 살기 어려운 지옥과도 같은 미래입니다. 작품 속 미래는 유토피아보다는 디스토피아에 가깝습니다. 그렇지만 여전히 희망이 남아 있지요. 마트를 도와주는 사람들처럼 아직 세상을 변화시키려 노력하는 이들이 존재하기 때문입니다.

기술 발전의 속도가 얼마나 빠른지 생각하면 작품 속 미래가 그리 먼 일은 아닐 거라는 생각마저 듭니다. 이 책이 뉴베리 아너상을 받은 2003년과 비교해도 지금은 엄청나게 달라졌으니까요. 당시만 해도 스마트폰이 없었습니다. 인공지능은 그저 개념만 있었고, SNS나 키오스크, 말하고 움직이는 로봇도 상상 속에나 있었을 뿐입니다.

기술은 우리 생활을 편리하고 효율적으로 만들어 줍니다. 그러나 언제까지고 인간이 기술을 제대로 통제할 수 있을까요? 욕심과 이기심으로 기술을 마음대로 이용해, 의도하지 않은 시스템을 만들어 버릴 수도 있습니다. 스마트폰에 아무리 똑똑한 기능이 있어도 전원만 끄면 그만입니다. 아무리 좋은 자동차라도 저 혼자 움직이지는 않습니다. 그러나 앞으로는 다릅니다. 인공지능이 자기 혼자 판단해 결정하거나 작품에서처럼 이기적인 사람들이 복제인간을 만들어서 영원히 살고자 할지도 모릅니다.

이쯤 되면 논의가 필요합니다. 인간보다 더 똑똑한 인공지능을 어디까지 활용해야 하는가? 생물 복제에 대해서 어디까지 허용할 것인가? 몇몇 사람들의 이기심이나 통제를 벗어난 기술 탓에 사회 문제가 생겨나지 않도록, 우리는 어떤 사회적 약속을 해야 할 것인가?

작품과 아울러서 영화 '아일랜드' 등 복제인간을 다룬 미디어 작품을 보면서 함께 고민해 보기를 바랍니다. 또한 조금 어렵기는 하지만 복제인간의 영혼 문제를 진지하게 다룬 노벨문학상 수상자 가즈오 이시구로 (Kazuo Ishiguro)의 《나를 보내지 마(Never Let Me Go)》도 읽어보기를 추천합니다.

★How to read

① 복제인간을 둘러싼 윤리적 문제를 생각해 보자
② 앞으로의 미래에 대해 생각하며 읽어보자
③ 마트가 다른 복제인간과 달라지게 된 이유는 무엇일까?

복제인간이라는 주제에 대해 생각해 보며 읽기를 권합니다. '복제인간을 인간으로 볼 수 있는가?' 이러한 주제에 대해 고민해 볼 수 있을 것입니다. 본래 마트가 만들어진 것은 장기를 제공하기 위해서지요. 하지만 마트는 사랑도 하고 슬픔도 느끼고 괴로움도 느끼는 인간입니다. 오히려 진짜 인간인 엘 파트론이 훨씬 더 인간답지 못합니다. 인간을 인간답게 만드는 것은 무엇인지 생각해 보기를 바랍니다.

아직 오지 않은 미래에 관한 이야기는 늘 흥미진진합니다. 긍정적이고 행복한 미래를 그릴 수도 있고, 이 작품처럼 조금은 달갑지 않은 미래를 그릴 수도 있습니다. 좋은 것과 나쁜 것을 떠올리면서 미래를 상상하며 읽어보기를 권합니다.

복제인간 마트가 오히려 인간보다 더 인간적으로 성장할 수 있었던 이유를 생각하면서 읽어보기를 권합니다. 그리고 마트가 복제인간이라는 것을 알면서도 그를 인간처럼 대해주고 도와줬던 사람들이 있습니다. 왜 그렇게 했을지 생각해 보고 마트가 다른 복제인간과 다르게 성장할 수 있었던 이유를 짚어보면서 읽어보기를 바랍니다.

★Discussion · 생각하고 토론할 주제

- 생명 복제와 관련한 논쟁은 여전히 진행 중입니다. 세포를 배양해서 식용 고기로 만드는 배양육 관련 개발도 활발합니다. 생명 복제에 관한 자기 생각을 정리해 봅시다. 찬성하거나 반대한다면, 그 이유를 생각해 봅시다.

- 미래를 상상해 봅시다. 로봇도 있고 복제인간도 있습니다. 그들을 어떻게 대해야 할까요? 복제인간이 인간과 똑같다고 생각한다면 이유는 무엇이며, 인간이 아니라고 생각한다면 그 이유는 무엇인가요?

- 작품은 큰 줄기에서 자유와 평등이라는 주제를 다룹니다. 어떤 부분이 자유이고 평등인지 구분해서 정리해 봅시다. 복제인간의 자유와 평등에 대해서도 생각해 봅시다.

BOOK 32

1994년 수상작
기억 전달자

로이스 로리 | 비룡소

《The Giver》 | Lois Lowry | Clarion Books

Age 12-

Reading Level ★ ★ ★ ★

미래 사회를 통해 현재를 바라보게 하는
청소년 필독 고전 SF

★ *Author Story* · 작가 이야기

작가는 1937년 하와이 호놀룰루에서 태어납니다. 군대 의사였던 아버지
로 인해 이사를 자주 다녔다고 해요. 일본에서도 3년을 살았다고 합니다.
여러 곳을 옮겨 다닌 경험이 작가가 되는 데 도움이 되었을지 모르겠습니
다. 브라운 대학교에 입학하지만 결혼하면서 그만두었다가 아이 넷을 낳

고 난 뒤에 다시 서던 메인 대학교에서 영문학을 공부합니다.

작가는 서른 무렵에 첫 작품《죽음이 앗아간 여름(A Summer to Die)》을 쓰는데 어렸을 때 죽은 언니를 추억하며 쓴 책입니다.《래블 스타키(Rabble starkey)》로 1987년 보스턴 글로브-혼 북상을 받았고,《별을 헤아리며(Number the stars)》로 1990년에 뉴베리상 메달을 받으면서 아동·청소년 문학의 대표 작가로 자리 잡았습니다.

이 작품은 특히 여러 논쟁과 사랑을 동시에 받은 소설입니다. 영화로도 만들어 인기를 끌었습니다. 작가는 이 작품으로 두 번째 뉴베리상 메달과 보스턴 글로브-혼 북 상을 받게 됩니다. 이외에도《구니 버드(Gooney Bird)》시리즈,《아나스타샤(Anastasia)》시리즈,《윌러비(Willoughbys)》시리즈 등 여러 작품을 썼습니다.

★Story Review · 책 속으로

주인공 소년의 이름은 조너스. 열두 살이 되는 생일날, 마을에서 제일 중요한 행사가 열립니다.

이곳에서는 열두 살 생일에 모두의 할 일이 정해지기 때문입니다. 자기가 선택하는 게 아닙니다. 마을에서 정해준 대로 평생을 살아가야 합니다.

그래서 모든 아이가 열두 살 생일을 앞두고 긴장합니다. 부모 역시 아이의 미래가 결정되는 순간이니 아이와 마찬가지로 떨립니다.

마을은 언뜻 보기에 모두가 평온하고 안락하게 살아가는 것처럼 보입니다. 하지만 '선택'이라는 개념이 없습니다. 마을에서 정해준 대로 살아야 하고, 욕망과 관련한 것은 철저하게 치료의 대상이 되어버립니다. 심지어 지난밤 꾼 꿈 내용조차 식사 시간에 가족들에게 모두 털어놓아야 합니다. 하지만 사람들은 이런 생활에 전혀 불만 없이 순응하며 살아갑니다.

이윽고 다가온 열두 살 기념식, 조너선은 다른 친구들처럼 자신에게 주어질 일을 기대하고 있습니다. 순번을 거쳐 자기 차례가 왔지만, 그냥 건너뛰고 아무 일도 주어지지 않습니다. 잠시 당황하지만, 마지막에는 설명해 주리라 생각합니다. 그러나 끝까지 조너선에게는 아무 일도 주어지지 않습니다.

조너선은 불려 갑니다. 원로 중 원로인 '기억 전달자'와 면담하게 된 것입니다. 이제 곧 죽음을 앞둔 기억 전달자는 임무를 이어받을 다음 사람을 찾고 있었고, 조너선을 선택한 것입니다. 마을에서 기억 전달자는 단 한 명뿐이며, 누가 될 것인지는 먼젓번 기억 전달자가 정합니다. 마을 사람 중에서도 그 역할을 가장 잘 해낼 만한 인물이 선정되며, 기억 전달자가 되면 죽을 때까지 그 역할을 해야 합니다. 그만큼 마을에서는 명예로운 역할입니다. 이를 잘 알고 있던 조너선도 기억 전달자 스승을 따라 열심히 후계 수업을 받습니다.

기억 전달자란 무엇일까요? 다른 사람들과는 달리 모든 감정을 느낄 수 있습니다. 마을 사람들은 인간이 느끼는 감정과 욕망을 모두 모아 기억 전달자에게 주었습니다. 그러므로 마을 전체에서 오로지 기억 전달자만이 감정을 느끼고 과거를 기억합니다.

따뜻함과 차가움, 아픔, 즐거움, 행복 등 인간이라면 자연스럽게 느끼는 감정을 자기 안에 간직하는 것이 기억 전달자의 역할입니다. 처음에 조녀선은 폭풍처럼 밀려오는 감정에 너무도 놀랍니다. 좋은 감정만 있는 게 아닙니다. 전쟁, 죽음, 상처 같은 기억도 밀려옵니다. 그리고 마을이 감춰왔던 비밀마저 전부 알게 됩니다.

마을에는 '임무 해제'라는 제도가 있습니다. 주어진 역할에서 벗어나는 것을 말합니다. 나이가 들어서 더 이상 일을 할 수 없는 사람, 장애를 가지고 태어난 아이, 같은 쌍둥이라도 몸무게가 작아 제대로 역할을 하기 힘든 아기 등에게 임무 해제가 주어집니다. 임무 해제란 곧 안락사, 즉 죽음을 말합니다.

아빠가 아기를 안락사시키는 장면을 보게 된 조녀선은 큰 충격을 받고 맙니다. 더 이상 기억 전달자로 살지 않기로 하고 마을에서 탈출하기로 결심합니다. 기억 전달자가 마을에서 탈출하자, 마을에 남은 사람들에게 기억 전달자가 갖고 있던 기억이 전달되어 다시 살아나기 시작합니다. 마침내 새로운 마을에 도착한 조녀선은 태어나서 처음으로 사람들이 부르는 노랫소리를 듣습니다.

★**Reading Point**·안락함을 위해 감정, 욕망, 선택을 포기해야한다면?

작품은 안락한 삶을 위해 개인에게 주어진 모든 선택을 포기할 수 있는가 하는 날카로운 질문을 던집니다. 집단이 안정적으로 의식주를 영위하도록 인구를 조절합니다. 방법은 쓸모없는 사람을 죽이는 것입니다. 지금 생각하면 상상도 안 되지만, 우리나라도 '덮어놓고 낳다 보면 거지꼴을

못 면한다', '하나씩만 낳아도 삼천리는 초만원', '아들딸 구별 말고 둘만 낳아 잘 기르자' 등 산아제한 캠페인을 했던 때가 있습니다. 중국은 2021년에 와서야 부부당 한 명만 낳도록 하는 산아제한 정책을 폐지했고요. 먹고 사는 문제를 해결하기 위해 개인의 자유를 제한한 것입니다.

아직도 세계적으로 감시 사회가 많습니다. 뭔가 불온한 일을 하는 것으로 의심되면 서로 신고하게 합니다. 북한 같은 경우는 독재를 유지하기 위해 국민의 의식주는 물론, 모든 일거수일투족을 통제하려 듭니다.

작품 속 마을 사람들은 강제로 선택을 포기한 게 아닙니다. 모두 회의를 통해 결정했고 집단의 결정에 따라 개인의 자유를 박탈했습니다. 그런데 이것이 과연 자율이라고 할 수 있을까요? 원로 혹은 위원회가 결정하면 결정에 참여할 수 없던 신생아들까지도 모두 그 결정에 따라야 할까요?

이 작품은 논쟁의 여지가 많으며 생각할 주제도 많이 던져줍니다. 그래서일까요? 여전히 청소년 SF 1위를 놓치지 않으며 전 세계적으로 엄청나게 많이 팔린 책이기도 합니다.

★How to read

① 개인의 자유와 선택은 안락한 삶보다 중요할까요?

② 감정을 가지면 위험하다는 발상에 대해 생각하며 읽어보자

③ 탈출한 기억 전달자에 대해 생각하며 읽어보자

작품은 청소년 문학으로서도 조금 어려운 주제를 다룹니다. 열린 결말로 작가의 주장이 명료하게 정리되지도 않습니다. 독자의 생각과 의견을 묻는 것이지요. 자유가 없는 세상에서는 선택이 있을 수 없습니다. 마을 사람들은 자유와 선택을 포기하고 안락한 삶을 선택합니다. 선택을 하지 않겠다는 선택을 한 것입니다. 안락한 삶이 그토록 중요할까요?

기억 전달자는 사람들 대신 감정과 기억을 담고 있는 사람입니다. 좋은 감정도 있지만 힘겨운 감정도 있습니다. 감정과 기억 때문에 범죄나 폭력이 발생한다고 생각하기에 그것을 아예 차단합니다. 만약 그런 일이 가능하다면 누군가에게 여러분의 감정과 기억을 맡기고 싶은가요?

조너선은 기억 전달자가 되면서 마을의 문제를 알게 됩니다. 다른 사람들은 아무 문제가 없다고 여기지만 조너선은 그렇지 않습니다. 이 작품처럼 자유와 안정 간의 선택의 문제를 다룬 작품이 여럿 있습니다. 앤서니 버지스(Anthony Burgess)의 소설 《시계태엽 오렌지(A Clockwork Orange)》에는 비행 청소년들에게 약물을 주입해 강제적으로 착하게 만드는 사회가 나옵니다. 애니메이션 '위시(WISH)'에는 평안하고 안락한 삶을 위해 꿈을 독재자에게 위탁하는 사회가 나오고요. 조너선은 왜 마을에서 탈출할 수밖에 없었는지 생각하며 읽어보기를 바랍니다.

★**Discussion** · 생각하고 토론할 주제

- 아무런 걱정거리가 없지만 선택권이 없는 세상과 여전히 걱정거리는 많아도 선택권이 있는 세상 중 어떤 세상을 선택할 것이며, 왜 그런 선택을 했는지 이유도 생각해

봅시다.

- 자유, 추억, 감정 등은 사람이 사는 데 필요한 요소일까요? 자유, 추억, 감정 때문에 불편한 점도 있지요? 필요하다면 왜 그렇고 불편하다면 왜 그런지 생각해 봅시다.

- 조녀선이라고 상상해 봅시다. 아버지가 아기를 안락사시키는 장면을 목격했습니다. 충격도 크고 그 감정을 감당하기 힘들 것입니다. 결국 마을을 떠나기로 결심합니다. 그 결심에 대한 자기 생각을 정리해 봅시다. 조녀선은 꼭 떠나야만 했을까요? 다른 방법은 없었을까요?

BOOK 33

2017년 수상작
달빛 마신 소녀

켈리 반힐 | 양철북

《 *The Girl Who Drank the Moon* 》| *Kelly Barnhill* | *Algonquin*

Age 9-13

Reading Level ★★★☆☆

달빛 마신 마법 소녀 루나의
환상적인 모험과 사랑

★ *Author Story* · 작가 이야기

작가는 1973년 미국에서 태어납니다. 미니애폴리스에서 고등학교를 졸업하고, 세인트 폴에서 대학교를 나왔습니다. 안타깝게도 작가의 어린 시절은 외로웠다고 합니다. 왕따를 당했다고 하니 너무도 괴롭고 학교도 가기 싫었을 것입니다. 다행히도 부모님이 그런 사정을 알고 작가를 여학생만 있는 가톨릭 학교로 전학시킵니다. 이때의 경험을 담아 쓴 소설이 《우리가 용이었을 때(When Women Were Dragons)》입니다. 새로운 학교에서 작가는 행동하는 힘과 평등의 가치를 배웠다고 합니다. 이 작품에도 그런 가치가 녹아 있지요.

작품에 등장하는 미친 여자는 작가가 여성 보호소에서 일했을 때의 경험으로 만들어진 캐릭터라고 합니다. 아이를 보호하기 위해 자신을 던지며 헌신하던 어머니의 모습이었지요. 힘들었던 어린 시절의 경험이 녹아 있기에 작가의 작품은 더 진정성 있게 다가옵니다. 이 작품으로 2017년에 뉴베리상 메달을 받았고, 이 외에도 여러 작품으로 권위 있는 상을 여럿 받았습니다.

★ Story Review · 책 속으로

보호령 마을은 해마다 마녀가 사는 숲속에 갓난아기를 바칩니다. 마녀에게 보호령을 지켜달라고 기원하는 것이지요. 하지만 그곳에는 마녀가 없습니다. 바친 갓난아기는 그저 산 짐승의 먹이가 될 뿐입니다. 그래도 사람들은 아기를 잃는 슬픔을 감당하며 계속 아기를 바칩니다. 그래야만 마을을 보호할 수 있다고 믿기 때문입니다.

그러던 어느 해, 한 여인이 아기를 바치라는 명령을 감히 거역합니다. 아주 강하게 저항합니다. 보호령 장로들은 당황합니다. 여태 그 누구도 저항한 사람이 없었거든요. 장로들은 힘으로 아기를 빼앗아 마녀에게 바치는 곳으로 데려가고, 아기 엄마는 미친 여자로 낙인찍혀서 수녀원 감옥에 갇히고 맙니다.

그런데 숲속에 바친 갓난아기를 지나가던 마녀 잰이 발견합니다. 그리고 아기를 보호하기 위해 데리고 갑니다. 가는 동안 별빛을 마시게 한다는 게 실수로 그만 달빛을 마시게 하고 맙니다. 그래서 아기 루나는 마법의 힘을 가진 아이로 성장하게 됩니다.

그리고 알고 보니 보호령 수녀원장 이그나시아가 진짜 마녀였습니다. 사람들의 슬픔을 먹고 사는 '슬픔 포식자'로 아기를 잃은 부모의 슬픔으로 오랫동안 자기 힘을 유지해 왔죠. 그래서 계속 있지도 않은 마녀에게 아기를 바치라고 했던 것입니다. 수녀원장에게 빌붙어서 권력을 휘두르는 장로들 역시 마녀가 없다는 것을 압니다. 그러면서도 권력을 유지하기 위해서 사람들을 속인 것입니다.

루나는 자라면서 본격적으로 마법을 쓸 수 있게 됩니다. 그리고 보호령에는 또다시 아기를 바치지 않겠다는 부부가 나타납니다. 아빠 엔테인과 엄마 에신이지요. 수녀원장은 그들을 협박하지만, 엔테인은 아기를 지키기 위해서라면 자신이 나서서 마녀를 죽여버리겠다고 큰소리칩니다. 결국 수녀원장은 엔테인을 처치해야겠다고 마음먹습니다.

드디어 숲에서 양쪽의 대결이 시작됩니다. 수녀원장 패거리, 그에 대항하는 루나와 잰과 그들의 친구 용이 모여 치열한 전투를 벌입니다. 전투에 패배한 수녀원장은 힘을 잃고 갇히게 되지만, 나이를 먹어 쇠약해진 잰 역시 전투에서 상처를 입고 서서히 죽음을 맞습니다.

보호령은 이제 더 이상 아기를 바치지 않아도 되고, 모두를 속인 장로들도 전부 감옥에 갇힙니다. 미친 여자로 몰렸던 루나 엄마의 이름은 아다라이며, 아다라는 자기 딸, 달빛 마법을 가진 루나와 드디어 재회하게 됩니다.

★**Reading Point** · 슬픔과 무기력에 빠진 사람들도 변화할 수 있다!

작가는 어린 시절 왕따를 당했다고 합니다. 생각해 보면 그토록 비겁한 일이 없습니다. 한 아이를 여럿이 괴롭히는 것이니까요. 마음에 들지 않는 게 있으면 좋은 말로 제안하거나 그냥 친하게 지내지 않으면 그만입니다. 누군가를 괴롭히면서까지 내 감정을 전할 필요는 없습니다.

마을 사람들은 아기를 바칩니다. 마녀에게 기원하기 위함이라고 하지만 그게 사실인지 확인하려고 하지도 않습니다. 다수가 편하기 위해서 소수가 평생 씻을 수 없는 아픔을 겪어야 합니다. 작가는 아무 생각 없이 누군가의 고통을 방치하는 무감각한 이들이야말로 폭력의 공범이라고 말하는 듯합니다.

사리사욕을 챙기기 위해 어린 생명을 숲속에 버리는 권력층, 슬픔을 먹이로 삼아 생명을 유지하는 종교 지도자, 슬픔과 무기력에 빠져 살아가는 마을 사람들…. 모두가 문제 해결하려는 생각 따위는 없어 보입니다. 하지만 그런 마음을 이길 수 있는 것은 사랑, 희망, 행복 같은 긍정적인 마음입니다. 루나는 말합니다. "나를 키워준 할머니를 사랑해요. 어릴 때 헤어진 엄마를 사랑해요. 내 사랑은 한이 없어요. 내 심장은 무한해요. 내 기쁨은 점점 커지고 커져요. 여러분도 보게 될 거예요."

루나의 엄마 아다라, 아기를 빼앗기지 않겠다고 다짐하고 싸우기로 결심하는 엔테인과 에신. 이들이야말로 슬픔과 무기력에 빠진 마을 사람들을 변화시킨 주인공입니다. 그들의 노력과 바람으로 마법 소녀 루나 같은 기적이 만들어졌고, 마침내 마을 전체를 변화시킬 수 있었습니다.

작품은 절망 속에서도 희망을 키워가는 이야기를 다룹니다. "희망은 겨울의 끝에 돋아나는 조그만 잎눈이야. 겉보기에는 메마르고 죽은 것처럼 보이잖아! 손으로 만지면 차갑고. 하지만 머지않아 크게 자라고, 나뭇진이 나와서 끈끈해지고, 부풀어 오르고, 그러다가 온 세상이 녹색이 돼."

★ How to read

① 마녀, 수녀원장, 미친 여자 등 반어적인 단어를 생각해 보자

② 일부의 고통으로 안락함을 얻는 것에 대해 생각하며 읽어보자

③ 사랑의 가치에 대해 생각하며 읽어보자

판타지 장르 소설로 재밌게 읽을 수 있는 작품입니다. 줄거리도 단순하며 등장인물도 복잡하지 않습니다. 그런데 작품에서는 반어적인 단어를 많이 씁니다. 마녀, 수녀원장, 미친 여자… 언뜻 보기에는 마녀와 미친 여자가 나쁘고, 수녀원장은 좋은 사람 같습니다. 그런데 알고 보니 수녀원장은 슬픔 포식자로 가장 나쁜 사람입니다. 단어를 둘러싼 편견에 대해 생각하며 읽어보기를 바랍니다.

마을은 평온함을 위해서 아기를 바치는 부모의 아픔과 슬픔을 무시합

니다. 오히려 슬픔이 있어야 더 잘살 수 있는 사람들도 있지요. 장로 걸랜드는 감옥에 갇힌 뒤에도 전혀 반성하지 않고 억울해합니다. 그들에게는 평등이 필요하지 않은 가치이기 때문입니다. 이런 사람들이 믿는 신념에 대해서 깊이 생각하면서 읽어보기를 바랍니다.

사랑이라는 단어는 추상적으로 느껴집니다. 서로 싸우고 자기가 옳다고 주장할 때 사랑은 힘이 없어 보입니다. 작품에서 사랑을 품고 희생을 각오하는 사람들의 이야기를 읽으며, 사랑의 가치와 힘에 대해 생각해 보기를 바랍니다. 잰, 루나, 미친 여자, 엔테인… 모두 사랑 때문에 기꺼이 희생합니다. 사랑으로 세상을 바꾸려고 노력합니다.

★Discussion · 생각하고 토론할 주제

- 장로들은 마녀가 없다는 걸 뻔히 알면서도 계속 아기를 바칩니다. 사람들을 속이면서 왜 그렇게 했을까요? 감옥에 갇힌 걸랜드는 끝까지 잘못을 뉘우치지 않습니다. 왜 그랬을지 생각해 봅시다.

- 편견은 판단을 흐리게 합니다. 작품에서는 일부러 편견이 있는 단어를 계속 사용합니다. 우리는 왜 편견을 갖는지, 그러지 않으려면 어떻게 해야 하는지 생각해 봅시다.

- 주변 분위기에 맞춰 행동한 경험이 누구나 있을 것입니다. 우울함, 어색함, 즐거움 등의 분위기를 바꿔버린 경험이 있었다면 어떻게 그랬는지 생각해 봅시다.

BOOK 34

2021년 뉴베리 아너상 수상작
어둠을 걷는 아이들

크리스티나 순톤밧 | 책읽는곰

《*A Wish in the Dark*》| *Christina Soontornvat* | *Candlewick*

Age 9-13

Reading Level ★★★☆☆

어둠 소년과 빛 소녀,
세상의 운명을 뒤집는 아이들의 반란

★*Author Story* · 작가 이야기

작가는 1980년 태국 출신 사업가의 딸이자 태국 방송국 경영자의 손녀로 태어납니다. 미국 텍사스주의 작은 마을에서 자란 작가는 어렸을 때 부모가 경영하는 식당 계산대 뒤에서 책을 읽곤 했다고 합니다. 트리니티 대학교에서 기계 공학을 공부했고 석사와 박사 과정까지 밟습니다.

작가가 되기 전에는 과학 박물관에서도 일했다고 해요. 2020년 소설인 이 작품과 논픽션《모두 열세 명(All Thirteen)》을 발표했습니다. 두 작품 모두 2021년에 뉴베리 아너상을 받아서, 픽션과 논픽션 분야에서 동시 수상한 뉴베리 최초의 작가가 되었습니다. 특히《모두 열세 명》은 태국인의 관점으로 태국을 알리기 위해서 썼다고 합니다. 2023년에는《마지막 지도제작자(The Last Mapmaker)》로 한 번 더 뉴베리 아너상을 받습니다.

작가는 동료 작가인 엘렌 오(Ellen Oh), 멜라니 콘클린(Melanie Conklin)과 함께 2020년 5월에 '모든 곳의 책 축제(Everywhere Book Fest)'를 조직했는데 코로나19로 인해 도서전이 취소되자 온라인으로 도서 축제를 벌인 것입니다. 이 행사는 많은 이들의 참여 속에 큰 관심을 받았습니다.

★Story Review · 책 속으로

차타나라는 도시가 있습니다. 이곳은 불과 빛을 '오브'라는 구슬 안에 넣어 사용합니다. 그런데 오브의 빛이 모두에게 똑같이 주어지지 않습니다. 죄가 많은 사람이 사는 교도소 안은 오브가 어둡습니다. 그래서 그곳은 컴컴합니다. 반면 착하고 말 잘 듣는 사람이 사는 곳의 오브는 밝습니다. 그들은 밝은 빛 속에서 살아갑니다.

차타나가 이렇게 된 것은 이유가 있습니다. 예전에 아주 큰불이 번져서 도시가 불타버렸고 그 뒤로 사람들은 불을 무서워하게 됩니다. 그런데 어느 날 빛과 불을 가지고 총독이 나타납니다. 사람들은 그의 능력에 감탄했고 명령에 따르게 됩니다. 총독의 눈 밖에 나면 어둠뿐인 교도소로 가야 하니까요.

그 후부터 차타나에는 어둠의 아이와 빛의 아이가 나뉘게 됩니다. 부모를 잘못 둔 퐁과 솜킷은 교도소에서 태어납니다. 어둠의 아이들이지요. 반면 교도소장의 딸인 녹은 완벽한 모습으로 빛을 한껏 누리며 살아왔습니다. 빛의 아이입니다. 이들은 태어날 때부터 신분이 나뉘어 벗어날 수 없습니다.

그러나 총독의 독재가 40년이 넘자, 차츰 도시에서는 불평불만이 흘러나오기 시작합니다. 여전히 도시 여러 곳은 어둠 속에 살아야 했고 총독의 욕심을 채우느라 많은 사람이 궁핍한 생활을 이어갑니다. 자기한테 잘 보이는 사람에게만 오브를 주는 도시에서 평등 같은 것은 없습니다.

교도소 안에 있던 퐁 역시 탈출을 꿈꿉니다. 친구 솜킷을 교도소에 남겨두고 혼자서 도망칩니다. 하지만 얼마지 않아 바깥세상도 교도소 안과 그리 다르지 않다는 것을 깨닫습니다. 선망의 대상으로 존경하던 총독조차 진짜 모습은 야비하기 짝이 없습니다. 결국 우여곡절 끝에 퐁은 스승 '참 사부'를 만나 그 밑에서 수련하게 됩니다.

참 사부는 과거를 후회합니다. 총독에게 불을 다룰 능력을 준 것이 바로 참 사부였기 때문입니다. 참 사부는 말합니다. "내 능력으로 이 세상의 모든 아픔과 괴로움을 사라지게 하고 싶었다. 그러나 나 혼자만이 온 세상을 구할 수 있다는 생각은 오만이었다."

교도소장의 딸인 녹은 탈옥수를 잡아서 아버지의 명예를 회복하기 위해 퐁의 뒤를 쫓습니다. 그런데 퐁을 찾아 구석구석을 누비는 사이, 자신이 믿었던 게 틀릴 수도 있다는 생각이 듭니다. 이제껏 빛을 누리고 살아온 자기 모습도 되돌아봅니다. 총독의 말과는 달리 세상은 평등하지도 않고 풍요롭지도 않으며, 기회가 모두에게 있지도 않습니다. 총독 패거리와 돈 있는 사람만이 빛을 누리며 살고, 나머지는 어둠 속에 살아갑니다.

결국 도시에서 총독과 맞서려는 무리에 퐁이 합류하고 총독에게 실망한 녹도 참여합니다. 솜킷은 교도소 안에서 열심히 실험하면서, 총독이 없이도 태양광으로 오브를 만드는 방법을 찾아냅니다. 마침내 총독의 힘은 무너지고 도시에는 새로운 빛이 찾아옵니다.

★ Reading Point · 어둠을 꿰뚫어 보는 유일한 방법은 빛을 비추는 것!

조금 어려운 이야기를 해 볼까 합니다. 고대 그리스에 플라톤이라는 철학자가 살았습니다. 그리스는 민주주의가 꽃피던 곳이지만, 플라톤은 민주주의를 경멸합니다. 멍청한 대중이 잘못된 판단을 한다고 보았기 때문입니다. 스승 소크라테스도 민주주의 제도하에서 사형 판결을 받았습니다. 플라톤은 여럿이 뜻을 모으는 민주주의가 아니라 똑똑한 한 사람이 다스리는 '철인정치'가 옳다고 생각했습니다.

철인정치를 영어로 가디언십(Guardianship)이라고 합니다. 가디언, 즉 똑똑한 수호자가 여러 사람을 이끄는 시스템입니다. 그래서 대다수 독재자가 플라톤의 생각을 가져다 씁니다. 세계 전쟁을 일으킨 독일의 아돌프 히틀러(Adolf Hitler)도 그랬지요. 그러나 통계적으로 독재국가일수록 빈곤하고 자유와 평등도 보장되지 않는 것으로 나타납니다.

사회가 힘들면 누구나 영웅을 떠올립니다. 그런데 온전히 다른 사람만 위하는 영웅이 세상에 있을까요? 민주주의가 잘 자리 잡은 나라의 국민은 멍청하거나 미련하지 않습니다. 잘못된 것을 바로잡을 힘이 있고 힘을 골고루 여러 사람이 나눔으로써 더 올바른 결정을 할 수 있습니다. 민주주의의 자정 능력은 잘못을 고치고 나은 방향으로 나갈 수 있도록 해 줍니다.

독재자의 막강한 힘이 전체를 좌지우지했던 시절이 우리에게도 있었습니다. 하지만 그들을 몰아내고 좀 더 많은 사람이 자유를 누리고 평등하게 살 수 있는 세상으로 변화시킨 힘은 모여진 수많은 작은 힘이었습니다. 어둠을 몰아내는 가장 좋은 방법은 빛을 비추는 것입니다. 우리 하나하나의 손에 빛이 들려 있는 한, 작품 속 총독 같은 독재자가 설 자리는 더 이상 없습니다.

★ How to read

① 등장인물의 성격이 변화하는 과정을 살펴보자

② 독재와 민주주의의 개념을 생각하며 읽어보자

③ 자유와 평등의 가치를 생각하며 읽어보자

퐁, 녹, 솜킷, 총독, 참 사부 등 등장인물의 과거와 현재, 성격 변화를 살펴보면서 읽어보기를 권합니다. 총독은 좋은 리더이고 싶었지만 변질됩니다. 참 사부 역시 총독을 믿고 능력을 주지만 지금은 후회합니다. 교도소장 딸로 빛을 누리고 살던 녹은 현실을 알게 되면서 달라집니다. 퐁과 솜킷은 각자의 스승을 만나 서서히 변화합니다. 이 작품은 캐릭터들의 성격 변화를 명확하게 알 수 있어서, 인물 분석에 대해 익힐 수 있는 좋은 책입니다.

독재를 경험하지 못한 여러분은 그것이 무엇인지 잘 모를 것입니다. 물론 학교에서 차별을 경험하거나 학교와 학원만 오가며 자유가 없다고 생각할 수도 있습니다. 독재가 무엇이고 민주주의가 왜 중요한지 생각하며 읽어보기를 바랍니다. 20년 후 여러분이 성인이 되었을 때 지금보다 나아지려면, 사회 시스템을 이해하고 자신의 역할을 고민해야 하기 때문입니다.

퐁은 자유를 위해 탈출합니다. 시민들은 평등하지 못한 도시를 바로잡기 위해 노력합니다. 자유와 평등은 분명 모든 사람이 누려야 하는 가치입니다. 그런데 때로 평등을 위해 자유를 통제하기도 하고, 자유를 위해서 평등이 제한받기도 합니다. 작품에서 많은 빛을 사용할 소수의 자유를 위해서 수많은 이들이 차별당합니다. 평등하게 분배한다는 명목으로 개인의 자유를 제한하기도 합니다. 자유와 평등의 가치와 그 관계를 생각하면서 읽어보기를 바랍니다.

★Discussion · 생각하고 토론할 주제

- 작품에서는 말합니다. "빛은 그것을 누릴 자격이 있는 이들에게만 비추느니라. 다른 이들은 모두 어둠 속으로 떨어진다." 책을 읽기 전과 후에 이 말을 읽어보고, 어

떤 생각이 드는지 비교해 봅시다.

• 참 사부는 퐁에게 고백합니다. "그러나 나 혼자만이 세상을 구할 수 있다는 생각은 오만이었다. 결국 내 능력이 그릇되게 쓰이고 말았다." 책 속의 내용을 생각하며 이 말의 뜻을 해석해 봅시다.

• 주변에 자신만 옳다고 생각하는 사람이나 상황이 있나요? 그런 사람이나 상황을 맞닥뜨릴 때 어떻게 대응했는지 생각해 봅시다. 앞으로 비슷한 상황이 벌어지면 어떻게 할 것인지도 생각해 봅시다.

BOOK 35

2021년 수상작
호랑이를 덫에 가두면

태 켈러 | 돌베개

《*When You Trap a Tiger*》 | *Tae Keller* | *Yearling*

Age 10-13

Reading Level ★★★★☆

병든 할머니를 위해
마법 호랑이와 대결하는 소녀 릴리

★ *Author Story* · 작가 이야기

작가는 미국 하와이 호놀룰루에서 태어납니다. 이야기를 쓰면서 즐거운 어린 시절을 보냈는데, 이 작품 속 호랑이 얘기도 당시 할머니한테 들었다고 합니다. 이름 '태'는 외할머니 이름인 태임에서 따왔다고 합니다. 브린모어 대학교에서 공부했고 졸업 후에는 뉴욕으로 이사해 출판사에서 일합니다. 첫 작품인 《깨지기 쉬운 것들의 과학(The Science of Breakable Things)》은 어린 시절 경험했던 달걀 떨어뜨리기 대회를 떠올리며 사랑, 우정, 희망을 담았습니다.

이 작품은 뉴베리상 메달을 받으면서 높은 평가를 받습니다. "마술적 사실주의의 걸작은 사랑과 상실, 희망을 연상시키는 이야기로, 한국 전래 동화에 생명력을 불어넣는다." 작가는 〈조선일보〉와의 인터뷰에서 자신의 정체성이 한국에 있다고 밝히기도 합니다. "호놀룰루에서 김치와 흑미밥, 이야기를 양분으로 자라났다." 아울러 작가의 어머니는 1997년 소설 《종군위안부(Comfort Woman)》로 전미도서상을 받은 한국계 미국인 작가 노라 옥자 켈러(Nora Okja Keller)입니다.

★ Story Review · 책 속으로

아버지가 돌아가시고 소녀 릴리는 언니 샘, 엄마와 함께 외할머니 동네로 이사 갑니다. 내성적이라서 언제든 투명 인간이 될 수도 있다고 생각하는 릴리. 언니는 그런 릴리를 조아여(조용한 아시아 여자애)라고 부릅니다.

어느 날 릴리는 할머니가 치매에 걸리고 뇌종양으로 죽음을 앞둔 상태라는 걸 알게 됩니다. 할머니가 아프다는 것만 알았지, 상태가 얼마나 심각한지는 몰랐습니다. 옛날이야기를 자주 들려주던 할머니는 특히 호랑이 이야기를 자주 해 주셨습니다. 이야기 속 호랑이는 늘 사람들을 힘들게 하는 동물입니다.

어느 날 갑자기 릴리는 길가에서 환상 속 마법 호랑이를 만나게 되고,

그 후에도 계속 호랑이를 맞닥뜨립니다. 그리고 호랑이 탓에 할머니가 아프다고 생각합니다. 할머니의 이야기 속 호랑이는 언제나 믿을 수 없는 존재이기 때문입니다. 할머니는 호랑이의 이야기 단지를 훔쳤다고 얘기하시곤 했는데, 릴리는 호랑이가 그 단지를 찾으러 왔다고 생각합니다. 호랑이는 할머니가 훔쳐 간 이야기 단지만 가져오면 할머니를 낫게 해 주겠다고 하고, 릴리는 호랑이에게 단지를 가져다줍니다. 호랑이 덫을 만들기 위해 도서관에 가서 연구도 가고, 사냥 잘하는 친구네 집을 찾아가기도 합니다. 하지만 호랑이를 잡을 수 없다는 것을 깨닫고, 호랑이한테 앞으로는 절대 나타나지 말라고 경고합니다.

결국 호랑이는 사라지지만 할머니 병은 더 위중해지고, 결국 쓰러져서 병원으로 가게 됩니다. 할머니의 죽음을 앞둔 순간, 릴리는 다시 호랑이를 만나고 할머니를 낫게 해 달라고 빕니다. 그 순간 릴리는 호랑이가 할머니를 아프게 하려는 게 아니라 치유하려는 것임을 깨닫습니다. 자기가 할머니를 위해 호랑이를 잡으려 노력하는 동안, 언니 샘도 할머니를 위해 밤마다 쌀을 뿌리고 다녔다는 것도 알게 됩니다.

가족 모두 무심한 듯 보여도 할머니를 위해 애썼다는 사실을 알게 되면서, 릴리는 가족의 사랑을 깨닫고 호랑이의 말도 이해하게 됩니다. "내가 우리 애자를 치유해 줄 거라고 약속했지만, 치유라는 게 꼭 질병이 치료된다는 뜻은 아니야. 이해하게 된다는 뜻일 때가 많지. 자기 이야기 전체를 받아들이면, 자기 심장 전체를 이해할 수 있어." 릴리는 호랑이가 할머니의 엄마라는 걸 깨닫습니다.

결국 할머니는 돌아가시지만, 할머니를 기억하는 모든 사람의 사랑을 받았다는 것을 릴리 가족은 알게 됩니다. 릴리도 생각합니다. '나는 눈에 안 보이는 것을 보는 아이다, 투명 인간이 아니라.'

★ **Reading Point** · 누구나 내면에 자기만의 호랑이가 있다!

작가는 스스로 말했듯 한국인의 피가 4분의 1 흐르고 있습니다. 어렸을 때부터 한국 전래동화를 많이 들었고요. 저절로 동양과 서양 문화를 함께 이해하면서 작품을 썼습니다. 모두가 잘 아는 호랑이 이야기로《해님과 달님》이 있습니다. 오누이가 나쁜 호랑이를 물리치고 해와 달이 되었다는 이야기입니다. 작가는 이 이야기를 완전히 새롭게 해석합니다. 호랑이가 못되고 무서운 존재인 줄 알았는데, 알고 보니 할머니의 엄마였습니다. 우리 내면에 있는 치유의 힘이기도 합니다.

서로 다른 모습의 사람들이 사회에서 공존하면서 살아갑니다. 작품 속 할머니는 미국에 처음 와서 어려운 시절을 겪습니다. 릴리와 대화하는 할머니는 여전히 영어에 서투릅니다. 그러니 처음에는 얼마나 더 힘들었을까요? 그런데도 할머니는 많은 사람에게 도움을 주었습니다. 도움을 받은 여러 사람이 장례식에 와서 슬퍼하고 위로하며 사랑을 전합니다.

작품 속 호랑이는 우리의 편견을 나타냅니다. 편견을 가지면 나쁜 호랑이만 불러옵니다. 무서운 존재, 피하고 싶은 상황을 자꾸만 만나게 됩니다. 할머니에게 편견은 호랑이였고, 릴리한테 편견은 투명 인간입니다. 투명 인간이 된다는 것은 존재감이 없는 사람으로 자기를 감춘다는 의미입니다.

작품은 자신에 대한 새로운 이해가 필요하다고 말합니다. 호랑이가 무서운 존재가 아니라 수호신이듯이, 릴리는 투명 인간이 아니라 남이 볼 수 없는 것까지 볼 수 있는 사람입니다. 이렇듯 나 자신이나 다른 사람을 제대로 이해하면 슬픔, 아픔, 단점뿐 아니라 기쁨, 즐거움, 장점까지 모두 볼 수 있게 됩니다. 개인만이 아닙니다. 집단, 지역, 사회, 국가 역시 깊이 이해하면 타협하고 화해할 수 있습니다. 이해와 타협이 없다는 것은 내면의 호랑이를 제대로 받아들이지 못했기 때문입니다.

★How to read

① 현실과 초현실 속 메시지에 집중하며 읽어보자
② 특이한 것은 나쁜 것이 아니라는 말은 무슨 의미일까?
③ 할머니의 죽음으로 더욱 끈끈해진 가족을 생각하며 읽어보자

뉴베리상 수상작 중 한국적 이야기를 담았지만, 작품 이해와 해석이 쉽지만은 않은 작품입니다. 마술적 사실주의 작품에서는 현실과 초현실적 상황이 교차하면서 등장하기 때문에, 이런 기법을 처음 접하는 독자는 이해하기 어려울 수 있습니다. 먼저 작품 속 호랑이를 이해해야 합니다. 할머니의 이야기 속 나쁜 존재인 호랑이는 결국 할머니의 엄마입니다. 도중에 등장하는 호랑이 여인의 의미도 생각해 보기 바랍니다. 어떤 계기로 호랑이의 의미가 바뀌는지 파악하면서 읽어보기를 권합니다.

작품은 "특이한 거나 이상한 건 나쁜 게 아니야."라고 말합니다. 내 성격 중에서 특이한 점, 다른 사람의 이상한 점 등을 떠올려 보면서 그것이 나쁜 게 아니라는 게 어떤 의미인지 생각해 보면서 읽기를 바랍니다.

할머니가 병을 앓고 돌아가시기까지의 과정에서 가족은 갈등을 해소하고 서로 사랑하고 있음을 깨닫습니다. 어떻게 갈등이 해소되고 서로의 사랑을 확인하는지 살펴보면서 읽어보기를 바랍니다.

★Discussion · 생각하고 토론할 주제

- 나의 장단점을 생각해 보고, 장점은 어떻게 활용하고 있으며 단점은 어떻게 고치려고 노력하는지 생각해 보고, 혹시 단점을 회피하고 있는 것은 아닌지도 생각해 봅시다.

- '베프'를 떠올려 봅시다. 왜 베프가 되었는지 이유를 생각해 봅시다. 반대로 친했던 친구와 거리가 멀어진 경험을 떠올려 보고, 그 이유를 생각해 봅시다.

- 작품은 말합니다. "그건 그때 호랑이 여인이 틀렸던 거야. 살다 보니 자기가 호랑이 쪽 자신도 꽤 좋아한다는 걸 알게 됐거든. 그래서 이젠 호랑이 여인도 알아, 우리가 다들 하나 이상의 존재일 수 있다는걸. 강하기만 하다면 우린 가슴에 하나보다 더 많은 진실을 품을 수 있어." 우리는 한 명이지만 여러 성격을 가질 수 있습니다. 좋아하는 부분일 수도 있고, 그렇지 않을 수도 있지요. 작가는 "강하기만 하다면 … 하나보다 더 많은 진실을 품을 수 있어."라고 말합니다. 그 의미를 생각해 봅시다.

· Note ·

· 부록 ·

뉴베리상에 대해
더 많이 알아보기

뉴베리상 개요 및 역대 수상작 리스트(위키피디아 | 영문)
https://en.wikipedia.org/wiki/Newbery_Medal

뉴베리상 개요 및 역대 수상작(번역서) 목록(나무위키 | 한글)
https://namu.wiki/w/%EB%89%B4%EB%B2%A0
%EB%A6%AC%20%EC%83%81

뉴베리상 공식 홈페이지
https://www.ala.org/alsc/awardsgrants/bookmedia/newbery

역대 뉴베리상 수상작(대상 메달) 모음(미국 공공도서관)
https://abqlibrary.org/newbery/All

뉴베리상 수상작 전용쇼핑몰(미국)
https://web.archive.org/web/20120426041749/http://
smallfrybooks.com/award/6/newbery-medal

뉴베리상 필독서 35

초판 1쇄 발행 2024년 6월 17일

지은이 조연호
펴낸이 정덕식, 김재현

책임편집 이은정
디자인 Design IF
경영지원 임효순

펴낸곳 (주)센시오
출판등록 2009년 10월 14일 제300-2009-126호
주소 서울특별시 마포구 성암로 189, 1707-1호
전화 02-734-0981
팩스 02-333-0081
메일 sensio@sensiobook.com

ISBN 979-11-6657-156-5 13840

소중한 원고를 기다립니다. sensio@sensiobook.com